단단한 일상을 위해
밥 짓는 일부터 시작합니다

2020년 4월 22일 초판 1쇄 발행. 정청라가 쓰고, 도서출판 샨티에서 박정은이 펴
냅니다. 편집은 이홍용이, 표지 및 본문 디자인은 김경아가 하였습니다. 인쇄 및 제
본은 상지사에서 하였습니다. 출판사 등록일 및 등록번호는 2003. 2. 11. 제25100-
2017-000092호이고, 주소는 서울시 은평구 은평로 3길 34-2, 전화는 (02) 3143-
6360, 팩스는 (02) 6455-6367, 이메일은 shantibooks@naver.com입니다. 이 책의
ISBN은 979-11-88244-46-1 03810이고, 정가는 15,000원입니다.

이 도서의 국립중앙도서관 출판예정도서목록(CIP)은 서지정보유통지원시스템 홈페이지(http://seoji.
nl.go.kr)와 국가자료종합목록 구축시스템(http://kolis-net.nl.go.kr)에서 이용하실 수 있습니다.(CIP
제어번호 : CIP2020014181)

단단한 일상을 위해

밥 짓는 일부터
시작합니다

정청라 지음

【샨티】

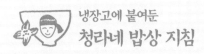

냉장고에 붙여둔
청라네 밥상 지침

부엌은 우리 몸의 심장과도 같은 곳. 생명의 불꽃이 너울너울 춤추는 그런 곳. 쉼 없이 흔들림 없이 이 자리를 지키기 위한 일곱 가지 밥상 지침.

❀ 까치발로는 먼 길을 갈 수 없다!
: 매 끼니를 너무 잘 차려내려고 하면 쉽게 지친다. 근사한 밥상 아니어도 괜찮으니 어깨에 힘을 빼고 너무 잘하려는 마음을 내려놓자.

❀ 시장이 반찬!
: 세상에서 가장 맛있는 밥은 배고플 때 먹는 밥. 아이가 반찬 투정을 한다면 배가 안 고픈 것이다. 먹음직스러운 반찬으로 유혹하기보다 배가 고프게 만드는 게 낫다. 운동을 한 뒤에 밥을 먹는다든가, 간식을 조절한다든가…… 한 끼쯤 굶는 것도 괜찮다.

❀ 예쁘지 않은 꽃은 없듯 맛이 없는 음식은 없다!
: 음식을 '맛있다 맛없다' 둘로 나눌 순 없다. 다만 내 입맛에 맞고 안 맞고가 있을 뿐! 알고 보면 물 한 잔에도 맛이 있다. 음식을 맛으로 평가하기보다 새로운 맛을 배운다 생각하자.

❀ 함께 차린 밥상에는 배움이 있다!
: 여럿이 모일 때 반찬을 한 가지씩 싸와 함께 밥상을 차리면(일명 포

틀럭 만찬) 부담도 없을 뿐더러 어지간한 식당 음식이 부럽지 않다. 그 뿐 아니라 다른 사람의 음식을 맛보며 배우게 된다. 무말랭이를 볶아 먹어도 맛나구나, 시금치를 고추장에 무쳐먹는 것도 괜찮네…… 이런 식으로 음식을 만들 때도 '습'에 갇히기 쉬우니 이웃과 함께 하는 포 틀럭 만찬의 기회를 자꾸 만들자.

✾ '양념'이야말로 '약'이란 사실을 기억하자!

: 된장, 간장, 죽염, 매실청, 생강차, 감식초, 꿀, 조청, 쑥차, 동치미…… 이런 것들은 우리 집 상비약. 배탈이 나면 매실청과 조청을 따듯한 물 에 타서 마시고, 눈병이 났을 땐 죽염을 물에 희석해서 눈에 넣는 식으 로 몸에 탈이 났을 때 약국에 가기보다 부엌 양념 칸을 먼저 살피자. 몸에 부담도 없고 효과도 끝내준다.

✾ 아이들의 요리 본능을 꺾지 말자!

: 아이들에겐 요리 본능이 꿈틀댄다. 그것은 곧 자립 의지이기도 하 다. '안 돼' '저리 가' '하지 마' 밀어내기보다 작은 거 하나라도 참여하게 하자. 엄청난 인내심이 필요하긴 하지만 견습생 하나 들인다 생각하자. 아마도 머지않아 큰 보람을 느끼게 될 날이 있을 거다.

✾ 두려워 말고 나만의 요리를 실험해 보자!

: 반드시 이래야 한다는 법칙에서 벗어나면 삶은 훨씬 자유롭다. 요 리도 마찬가지. 누군가의 레시피에 따라 딱딱 떨어지게 요리를 하는 건 어쩐지 갑갑하지 않나? 집에 있는 재료 활용해서 이렇게도 해보고 저렇게도 해보고 다양한 실험을 해보자. 내 입맛에 딱 맞는 희한한 요 리가 탄생할지도 모를 일!

뭐 먹고 살아?

시골에 내려와 살던 첫 해, 귀에 딱지가 앉을 정도로 많이 들었던 질문이 "뭐 먹고 살아?"였다. 마을 분들이 쌀이며 김치, 된장 같은 거 잔뜩 가져다주셔서 굶어죽을 염려는 없다고 아무리 애길 해도 그들은 여전히 불안한 눈빛으로 물었다. 도대체 뭐 먹고 살려구 그래? 내가 아침부터 저녁까지 뭘 어떻게 요리해서 얼마나 맛있게 배부르게 먹고 사는지 낱낱이 얘기해 줘야 하나? 나물 쌔고 쌨겠다 농사 짓겠다 뭐가 걱정이야? 나는 해맑게 웃으며 만족스러운 하루하루를 보냈고 그것이 그들의 질문에 대한 답이라 여기며 기세등등했다.

그런데! 밤마다 밀려드는 극심한 허기를 만났다. 저녁밥을 한껏 먹었는데도 자려고 누우면 왜 그렇게 배가 고픈지…… 머릿속에 피자, 치킨, 자장면, 순대볶음 같은 것들이 둥둥 떠다니며 나를 잠 못 들게 했고 그럴 때면 당장 가까운 도시에라도 나가지 않으면 안 될 것 같아 조바심이 났다. 음식점이 즐비한 골목, 그 가운데 눈부시게 환한 식당에 들어가 메뉴판을 넘기며 이걸 먹을까 저걸 먹을까 군침을 흘리는 황홀한 상상을 하노라면 순간이동을 할 수 없는 현실이 얼마나 원망스러웠는지……

어느 날 귀농 선배에게 이런 속사정을 털어놓았더니 내 마음속에 여전히 '이러다 굶어죽는 거 아니야?' 하는 불안과 공포가 도사리고 있는 것 같다고 했다. 겉으로는 시골살이에 잘 적응한 듯 보이지만 무의식 속에 나도 모르게 그전에 살던 방식과 변화를 두려워하는 마음이 숨어 있다는 것이다. 그 사실을 알아차리자 놀랍게도 밤마다 찾아오던 허기는 꼬리를 감추었다. 물론 그 뒤로도 불쑥불쑥 허기가 느껴질 때가 있었지만 그럴 때마다 나 자신을 깊이 들여다보는 훈련을 하게 되었다. 뭐니? 너 또 뭐가 불안한 거니? 굶어 죽을까봐 걱정돼서 그래?

버려지는 음식이 너무 많아 '음식 쓰레기'라는 괴상한 낱말이 나타날 정도인 요즘 시대에도, 나를 비롯해서 많은 이들의 세포 속에는 여전히 굶어 죽으면 어쩌나 하는 불안이 새겨져 있는 것 같다. 그래서 그렇게 맛집에 열광하고 먹방에 빠져들고 야식을 시켜 먹는 거겠지? 왜 그렇게 많이 먹고 싶어 하는지, 먹는 행위로 무엇을 채우고 싶은지는 도통 관심을 두지 않은 채 말이다.

내 한 걸음은 바로 거기서부터 시작되었다. 허기(배고픔)와의 직면! 먹지 않고는 살 수 없는 생명체로서 허기에 마냥 휘둘리지 않고 그것을 잘 다루고 싶었다고나 할까? 왜냐, 허기를 잘 다루는 것은 일상을 잘 영위하는 것과 아주 깊이 통하므로, 잘 산다는 건 허기를 (포만감과는 다른 차원의) 충만감으로 바꾸는 일과 같으므로…… 아무튼 나는 정신을 똑바로 차리고 부엌에 깃들어야겠다 다짐했고, 그럼으로써 날마다 아주 조금씩 새로워졌다.

이 책에는 눈에 보이지 않게 조금씩 조금씩 내 몫의 삶을 찾고 내 빛깔로 밥을 짓는 이야기가 담겨 있다. 온갖 화려한 가치와 호소력 있는 명분에 물들어 정작 밥 하나 짓는 공력을 내기까지 얼마나 힘이 들었던가. 아침마다 눈을 뜨면 기다리고 있는 허기 앞에서 등이 휠 것 같은 삶의 고단함을 느끼는 날들은 얼마나 많았던가. 하지만 언제나 부엌에 들어서는 순간, 쌀을 씻고 밥그릇을 정리하면서부터, 감았던 눈이 뜨이고 모든 것이 새롭게 보이기 시작했다. 일상이 선물로 받아들여지는 그윽한 기쁨도 차올랐다. 알고 보면 그런 일상의 순간순간들이 낡은 세포를, 어제의 나를 버리고 다시 태어나게 하는 것은 아닐까? 어쩌면 어느 날엔가는 어깻죽지에서 날개가 돋아날지도 모를 일!

책 속에서 종종 나의 정체성을 '부엌데기'로 규정하고 있는데, 누군가에겐 경멸의 표현일 수도 있는 '부엌데기'란 낱말을 나는 사랑한다. '부엌이라고 하는 고치 안에서 새로운 탄생을 준비하는 번데기'를 연상하게 되기 때문이다. 자기 자리를 잘 지킴으로써 질적 도약의 큰 가능성을 열고 있는 부엌 번데기! 혹시라도 부엌데기라는 낱말이 귀에 거슬리거나 불쾌하게 느껴지는 분이 있다면 그런 새로운 감각과 느낌으로 바라봐 주시길.

이 자리를 빌어 나도 감사 인사라는 걸 하고 싶다. 마냥 철부지 같았던 큰아들 다울이(올해 열두 살)가 이 책 곳곳에 들어갈 그림을 그려줬다. 머리글 안 쓰고 뭐 하냐는 등 이런저런 충고도 아끼지 않았다. 자식이 자식을 넘어 동지가 되는 날이 정말 오고야 말다니. 덕분에 글의 모자람이 다른 방식으로 채워진 것 같아 기쁘다. 또한 내 글에 새로운 숨결을 불어넣어 준 샨티출판사 식구들에게도 한없이 고마운 마음이다. 따뜻한 밥 한 끼 해드리고 싶은 마음이 굴뚝같다. 부디 큰 은혜 작게나마 갚을 수 있기를!

오늘도 어김없이 밥을 지으며 부엌 번데기 올림

차례

I

해님을 향한 사랑 고백과
동지팥죽

나는 원래 기념일 같은 걸 잘 챙기지 못하고 대수롭게 여기지도 않는 편이다. 하다못해 결혼기념일이라든지 가족이나 친지의 생일 정도는 제대로 기억하고 넘어가야 할 텐데, 그마저도 겨우 '오늘이 그날이구나!' 하고 넘어가는 정도? 신랑 생일에도 간신히 미역국이나 끓여주는 형편이고, 내 생일은 애저녁에 없는 셈 친 지 오래다. (다울이 생일이 내 생일 바로 다음날이니 얼렁뚱땅 같이 축하하고 마는 것이다.)

그런 내가 올해는 일을 냈다. 1년에 단 두 번, 유두(음력 유월 보름날)와 동지만은 흥겨운 잔치로 기념하고 넘어가자는 것! 지난 유두 때에도 가깝게 지내는 지인들을 초대하여 콩국수를 먹으며 흥겨운 잔치를 벌였고, 동짓날엔 함께 만나 동지팥죽을 나누자 기약을 해두었다. 단순히 팥죽만 먹고 헤어지는 게 아니라 해님 생일 잔치를 뜻 깊게 열어드리자, 거기까지 기획을 하였다.

그리하여 드디어 동짓날 이틀 전, 이날은 내 생일임에도 김장을 하느라 하루 종일 바빴다. 아침에 눈 뜨자마자 내게 생일 축하 인사를 건넨 다울이가 "엄마, 오늘은 엄마 생일이니까 고생하면 안 돼. 알았지?" 하고 당부했으나, 큰 행사를 치르기 전에 김장부터 해치워야 마음이 편할 것 같았다. 신랑은 신랑대로 김장 도우랴 장작 패랴 바빠서 미역국 끓일 틈조차 없었던지라 굉장히 미안해하며 내게 부탁했다.

"청라 씨가 미역국 좀 끓일래요? 내가 끓여야 하는데 내일 팥 삶으려면 장작부터 정리해야 해서……"

"그러죠 뭐. 내일 다울이 생일 때까지 먹게 한 솥 가득 끓여야겠어요."

나는 흔쾌히 나를 위한(더불어 다울이까지 위한) 미역국을 끓였다. 그리하여 미역국과 배추김치, 무김치, 동치미로 저녁 생일상을 차려냈다. 다음날 다울이 생일만은 떡 케이크라도 쪄서 그럴듯한 생일 분위기를 만들어보자 다짐하면서.

하지만 다음날은 아침부터 들통에 한가득 팥을 삶고 집 정리를 하느라 더 정신이 없었다. 그러다 보니 떡 케이크를 위한 팥고물을 준비할 타이밍마저 놓쳐버렸다. 삶은 팥이 다 뭉개지기 전에 고물용으로 따로 빼두었어야 하는데 그러지를 못한 것이다. 할 수 없이 고물이 없다는 이유로 떡 케이크는 패스! (꼭 고물이 없어서만은 아니고 떡을 할 여유가 없어서이기도 하지만 말이다.) 어쩌다 보니 어제 저녁과 똑같은 점심 밥상이 차려졌다. 다울이 좋아하는 달걀말이라도 하나 부쳐주었으면 좋으련만 그것조차도 못한 채. 서운한 기색을 보이는 다울이에게 저녁에는 평소 그렇게 먹고 싶어 하던 짜장라면을 끓여주기로 하니 금세 환호성을 질렀다. 짜장라면 하나에 그렇게 기뻐하는 모습을 보니 어찌나 미안하던지…… 아무튼 해님 생일을 위해 다울이는 기꺼이 생일다운 생일을 반납했고, 그 덕분에 벼락치기 시험 공부 하는 기분으로 나와 신랑은 중요한 행사 준비를 마쳤다. 잘 삶아진 팥을 곱게 갈아 준비하고, 다음날 쓸 장작을 마련하고, 후식으로 먹을 팥양갱도 만들고……

그리하여 드디어 동짓날! 막바지 청소까지 대충 끝내고 나니 멀리서 손님들이 도착했다. 어른 아이 다 해서 우리 식구까지 스무 명 남짓? 그 많은 사람이 둘러앉아 새알심을 빚으며 이야기꽃을 피웠다.

"얘들아, 이 새알심이 바로 해님이야. 팥 국물이 어둠을 뜻한다면 하얀 새알심은 해님이 되어 어둠 속에서 부활하는 거지."

"진짜요?"

"새알심을 나이만큼 먹어야 한 살 더 먹는대."

"그럼 나는 마흔 개도 넘게 먹어야 하는 거야?"

이렇게 도란도란 이야기를 나누는 사이 동지팥죽이 팔팔 맛있게 끓었고, 우린 각자 준비해 온 반찬들을 한데 모아놓고 동지 밥상을 나누었다. 오늘의 잔치를 위해 아침 일찍부터 부산을 떨며 집을 나섰을 테니 모두에게 얼마나 맛있는 팥죽이겠는가? 더군다나 여럿이 오글오글 붙어 앉아 먹으니 더할 나위 없이 뜻 깊은 맛! (이 분위기에 사로잡혀 다랑이는 배가 볼록해지도록 정신없이 팥죽을 먹어댔다. 다랑이가 먹은 새알 개수로 따진다면 나이를 실제보다 몇 곱절은 더 먹어야 할 것이다.)

다 먹은 뒤엔 함께 가까운 동산에 올랐다. 마치 봄날처럼 포근하고 햇볕도 따사로워서 절로 콧노래가 흘러나왔다. 아이들은 너 나 할 것 없이 다람쥐처럼 뛰어다니며 신나게 놀았고, 어른들도 무장해제 상태가 되어 아이들처럼 좋아라 했다. 해님 생일을 축하하러 온 우리에게 해님이 베푸시는 넘치는 은총을 마음 깊이 느끼면서……

그러는 가운데 볕 잘 드는 무덤가에 모여 앉아 해님께 선물로 바치는 재롱 잔치 비슷한 것도 열었다. 한 목소리로 해님을 부르는 노래도 하고, 신이 난 아이들은 우스꽝스러운 춤을 추며 쇼도 하고, 그림책의 몇 장면을 율동과 함께 낭송하는 공연도 벌이면서 오랫동안 해님과 함께 놀았다. 골짜기 가득 울려 퍼진 우리의 웃음소리 속에 해님의 웃음소리도 섞여 있는 듯했다.

　산에서 한없이 놀고 싶어 하는 아이들을 "내려가서 간식 먹자!"라는 말로 꾀어 집으로 돌아왔다. 어느새 푹 꺼져버린 배를 위해 간식 상을 차리고 먹기 전에 다시 한 번 노래를 불렀다. 동지를 앞두고 모두가 각자 연습해 온 노래였다. 그런 뒤에 참석자 중 누군가가 준비한 '동지 기도문'을 함께 읽고 간식을 먹었다. 먹으면서 동지를 맞이하며 해님에게 특별히 하고 싶은 말을 나누기도 했다.

　지금껏 살면서 한 번도 해님에게 말을 걸어본 적이 없었는데, 여러 사람의 마음에서 터져 나온 말들이 한데 모이니 해님을 다시 만나고 새롭게 느끼게 했다. 그래, 해님은 우리에게 그런 존재였지. 그래, 해님은 하늘에만 계시는 게 아니라 내 안에도 있지…… 그런 끄덕임 속에 배도 부르고 마음까지 부른 더없이 행복한 시간이 펼쳐졌다. 돌아보니 꿈결에서 어느 그윽한 평화 속에 들어가 한참을 머물다 온 것 같다.

동지 잔치가 끝난 다음날, 잔치에 함께했던 이 가운데 한 분이 이런 문자 메시지를 보내왔다.

"그곳에선 우리 모두가 빛나는 존재였어요!"

그러고 보니 그렇다. 해님을 빛내기 위해 모인 우리 모두는, 어느새 빛나고 있었다. 빛내면서 빛나다니, 이렇게 눈부신 역설이 또 있을까?

덤

그날 모인 사람들이 들려준 '해님에게 하고픈 말'이 다울이에게도 무척 인상적이었나 보다. 손님들이 집에 돌아간 뒤 자기도 해님에게 하고픈 말이 있다며 내게 이렇게 속삭였다.

"해님, 나는 해님이 좋아요.

해님은 끝나지 못하는 사랑을 갖고 있어요.

우리도 해님을 안고 첫사랑 노래를 부를 거예요."

다울이가 반납한 생일다운 생일은 그렇게 환한 햇살과도 같은, 따끈따끈한 동지팥죽과도 같은 마음으로 남았다.

희한한
보릿국

　　　　　　　　　　　　참 오랜만에 내가 많이 아팠다.
그동안은 몸이 좀 안 좋다 신호를 보내도 내 품으로 파고드는
아이들과 산더미같이 쌓여가는 집안일을 보면 이를 악물고서라
도 일어나곤 했다. 그러고 나서 따듯한 차를 끓여 마시고 소금물
로 입 안을 헹구는 등 수선을 떨다 보면 언제 아팠냐는 듯 다시
멀쩡해진 것도 사실이다. 그런데 이번에는 그동안의 피로가 한
꺼번에 몰려온 것인지 몸살감기가 제대로 들어 그대로 앓아누
웠다. 잠깐이라도 일어나 활동을 하면 오한이 들고 콧물이 줄줄
쏟아지니 나로서도 정신을 차릴 수 없었던 것.
　　'에라 모르겠다. 그냥 눕자.' 자포자기 심정으로 번데기 고치

처럼 이불을 둘러쓰고 아랫목에 누워 끙끙 앓았다. 아이들이 다 가와도 "엄마 아프니까 저리 가서 놀아" 할 수밖에 없었고, 밥 준비할 때가 되어도 몸을 일으키기는커녕 눈을 뜰 수조차 없었다. 나무하러 다니느라 뼈골 빠지는 신랑한테 미안하기는 했으나 신랑이 알아서 하겠거니 다 놓아버리는 수밖에 다른 방도가 없었다.

부엌데기 자리의 갑작스런 부재. 집안은 순식간에 혼돈 그 자체가 되고 말았다. 엄마의 단속이 약해진 틈을 타 아이들은 집안 구석구석을 쑤시고 다니며 온갖 잡동사니들을 끌어내기 시작했고, 부엌은 부엌대로 설거지거리며 아이들이 먹다 남긴 음식 부스러기들로 어지러웠다. 이와 같은 상황을 목격한 우리 신랑, 우선은 아이들 저녁 먹이는 게 급하니 서둘러 밥을 안치고 불을 땠다. 개밥을 챙겨주고 설거지를 하고 후다닥 밥상을 차려내어 아이들과 밥을 먹었다.

반찬은 이웃집에서 준 김장김치 딱 한 가지. 내 속에서는 '밥상 놓는 자리 주변만이라도 좀 치울 것이지 쓰레기 위에서 밥을 먹는구만' '김이라도 굽지 저렇게 성의 없이 아이들을 먹이나?' 하는 등의 볼멘소리가 터져 나오려 했으나 꾹꾹 눌렀다. 신랑이 아이들을 재우려고 이를 닦이고 세수를 시켰을 때는 다랑이 입

주변에 끈적거리는 이물질이 그대로 들러붙어 있는 것을 확인하고 기가 찼지만 그것도 그냥 모르는 척 눈을 감고 말았다. 부엌데기 대타인 신랑이 하는 일이 내 성에 안 차지만 어쩌랴. 당장은 내 몸부터 챙기는 게 우선인 것을. 다 알아서 하겠거니 마음 푹 놓자고 다짐에 다짐을 하며 잠이 들었다.

다음날, 내 몸은 더욱 격렬한 기세로 아팠다. 이웃집 할머니께서 "감기가 임산부 몸은 꿀단지로 안다고 하더랑께. 한번 들오믄 나갈 생각을 않는디야" 하더니 정말 그 말대로인 건가? 하루 쉬고 나면 거뜬해질 줄 알았는데 내 몸은 하루 더 파업을 요청하고 있었다.

"몸 좀 어때요?"

"안 괜찮아요."

새벽부터 나의 안부를 확인한 신랑은 이불을 박차고 나가더니 난로에 불을 지펴 아이들 아침거리로 고구마를 찌고 안방에도 불을 넣었다. 그러고는 어느새 나가서 나무를 한 짐 해오고, 점심밥 준비에 분주했다. 박을 썰고 생들깨를 갈고 하는 걸 보니 박나물로 박나물들깨탕 같은 것을 하는 모양이었다.

마침내 점심상이 차려지고 오늘은 나도 한술 뜰 생각에 밥상 앞에 앉았다. 오랜만에 신랑이 정성껏 해준 음식이니 박나물들깨탕부터 먹어볼까? 그런데! 맛이 이상야릇 뭔가 거시기하다. 간을 아예 안 했는지 박나물의 달큰함이 달큰함으로만 머물러서 심하게 거북스럽기도 하고 말이다.

"간 안 했어요? 적당히 간을 해야 맛이 어우러지지."

"일부러 심심하게 했는데…… 김장김치가 짜고 매우니까 같이 먹으려고요. 싱거우면 김치랑 같이 먹어봐요."

그렇게 말하면서 양 볼떼기가 미어지게 박나물을 넣고 맛있게 냠냠 먹는다. 하지만 나는 더 이상 박나물엔 손이 가지 않아서 김치 몇 조각에 밥을 먹는 둥 마는 둥하고 다시 자리에 누웠다. 신랑은 그러거나 말거나 열심히 밥을 먹었다. 수북이 담겨 있던 박나물들깨탕은 어느새 국물 하나 남김없이 말끔하게 비워지고 있었다. 그 모습을 지켜본 다울이 왈, "아빠는 아빠가 만든 게 가장 맛있나 보다. 왜 그러지?"

정말 맛있어서 먹은 걸까? 아님 다른 식구들이 안 먹으니까 아까워서 먹은 걸까? 다울이 말대로 자기가 한 음식이 자기 입맛에 가장 잘 맞는 걸까? 참 희한한 사람이다 생각하며 나도 모르게 잠이 들었는데 일어나 보니 어느덧 저녁 무렵, 신랑은 이번엔 보릿국을 선보이겠다며 바쁘게 움직이고 있었다. 낮에 내가 구박을 했음에도 꿋꿋하게 다시 새로운 요리를 준비하는 저

열정을 보라. 보리 순을 씻어서 다듬고, 들깨를 갈고…… 부엌이 아수라장이 된 것은 보이지도 않는지 요리에만 열중하는 그의 뒷모습…… 과연 보릿국은 어떤 맛일까?

이번에는 아예 기대조차 없었기에 난 안 먹겠다 하고 밥상에 등을 돌리고 누워 있었다. 수저를 반듯이 놓는다든지 반찬 몇 가지를 가지런히 놓는다든지 하는 아주 기본적인 격식조차 지켜지지 않은 심란한 밥상을 쳐다보고 있을 엄두가 나지 않았던 것이다.

그런데 의외로 아이들이 맛있게 먹는 소리가 들렸다. "아빠, 나 국 더 줘" "보리가 진짜 맛있어" "아빠도 음식 잘하네" 이런 소리도 들렸다. 그러자 그 맛이 참을 수 없이 궁금해진 나도 벌떡 일어나 밥상 앞으로 갔다.

"밥은 말고 국만 한 그릇 줘봐요."

"국이 아니라 죽처럼 되긴 했는데…… 그래도 한번 먹어볼래요?"

그러면서 가져다준 보릿국 한 그릇, 아니 보리시래기들깨죽 한 사발! 다시물이고 뭐고 없이 맹물에 보리순이랑 시래기, 생 들깨 간 국물 잔뜩 넣고 푹 끓여서 된장으로 간을 한 아주 단순한 음식임이 분명한데도 맛이 특별했다. 구수하면서도 살짝 쌉

싸래하기도 하고 한없이 부드러운 맛! (만약 이런 어수선한 밥상이 아니라 한정식집 깔끔한 밥상 위에서 이 맛을 만났더라면 한없이 감탄을 했을지도 모른다.)

하여간 그 깊고 그윽한 맛에 마음 깊이 전율을 느꼈다. 보릿국을 이런 식으로도 끓일 수 있다는 것도 처음 배웠다. 그동안 내 음식이 깨지 못한 어떤 격식이나 틀을 한방에 날려준 음식이라고나 할까? 다 먹고 나니 보약 한 사발을 들이킨 것처럼 온몸에 따스한 기운이 감돌더니 다음날은 몸이 한결 가벼웠다. 아, 이렇게 고마울 수가! 보릿국도 고맙고, 그걸 끓여가며 내 빈 자리를 채워준 신랑의 마음은 더욱 고맙고!

이 다음에 혹시라도 누가 아프다면 나도 보릿국을 찐하게 끓여주는 것으로 내 마음을 전해야겠다. 그리고 나도 아주 가끔은 아픈 척하고 드러누워 이 희한한 보릿국을 다시 얻어먹고 싶다.

꼬마 손님들과
만두 빚기

 솔직히 말해서 겨울철 손님맞이
가 썩 내키는 일만은 아니다. 이 방 저 방 불 때고 하루 종일 부
엌 난로에 불을 피우려면 나무가 어마어마하게 들기 때문이다.
그런데다가 집에 있는 재료를 가지고 음식을 준비한다고는 해
도 손님상을 차릴 때는 아무래도 부담이 가는 것이 사실이다. 멀
리서 온 손님인데 뭐라도 맛있는 걸 대접하고 싶어서 자꾸만 마
음이 쓰이게 되는 것이다.

그럼에도 손님이 온다 하면 어지간해서는 거절하지 않는 까
닭이 있다. 몸이 좀 힘들긴 해도 만남이 주는 그윽한 기쁨이 있
기 때문이다. 서로의 삶을 나누는 가운데 마주치는 고민의 지점

을 확인하고 힘겨움을 토로한다거나 소소하고 자잘한 일상 가운데 길어 올린 보석 같은 이야기를 서로 주고받다 보면 어느새 새 힘이 차오르는 것을 느낄 수 있다. '아, 이런 게 사는 맛이로구나! 우린 이렇게 함께 살아가고 있구나.' 새삼스럽게 깨우치면서 말이다.

더구나 우리 아이들에게는 손님이 그야말로 존재 자체로 선물인 듯하다. 사람 귀한 산골에 사는 까닭에 손님이 오면 강아지처럼 몹시 반긴다. 집에 있는 것을 다 끄집어내어 자랑하고, 노래를 불러주고, 그림을 그려 선물로 주며 나름 손님 접대를 하는 것이다. 특히나 제 또래 아이들이라도 있으면 얼마나 좋아라 하는지.

그런 까닭에 방학을 맞아 우리 집에 더부살이하러 온 여동생과 조카들을 나는 군소리 없이 두 팔 벌려 맞이하였다. 벌써 몇 달 전부터 약속이 되어 있던 터라 다울이도 아주 오랫동안 기다려온 만남이었다. 그러니 얼마나 신이 났겠는가? 아홉 살, 여덟 살, 여섯 살, 네 살 머스마들은 마주치는 그 순간부터 눈빛으로 서로 신호를 보내더니 쉴 틈 없이 뛰어노느라 정신이 없다. "구들장 무너지니까 방에선 뛰지 마라" "다치니까 조심해서 놀아라"며 잔소리를 해대지만 쇠귀에 경 읽기나 다름없다는 걸 서로가 잘 안다. 그야말로 온 마을이 들썩거린다고 해도 지나친 말이 아닐 만큼 활기찬 나날이 펼쳐진다.

이렇게 원숭이 같고 망아지 같은 아이들도 숨죽여 집중하는 순간이 있으니 바로 먹을 때! 밥이나 간식 먹는 시간이 되면 절로 조용해진다. 가끔씩 "음~ 맛있네" "이거 먹고 또 먹고 싶다" 정도의 소리만 들리는 정도? 부엌에서 내가 무언가를 하고 있으면 하나둘 다가와서 보이는 관심 또한 대단하다.

"이모 뭐해요?"

"토란 삶은 거 껍질 벗기고 있어."

"삶아서 껍질을 벗겨요?"

"응, 이렇게 하면 껍질이 잘 벗겨지거든. 이따가 이걸로 토란국 끓여먹자."

"난 토란국 한 번도 안 먹어봤는데…… 어쩐지 맛있을 것 같다."

"나도! 빨리 밥 먹는 시간이 되면 좋겠다."

여동생 얘길 들으면 집에서는 반찬투정도 곧잘 하고 밥을 남기는 일도 적지 않다고 한다. 그런데 우리 집에선 밥그릇에 구멍이 날 정도로 싹싹 비우고, 시래깃국이나 청국장, 고사리나물 같은 것도 맛있다고 잘 먹는다. 하루 종일 뛰어노니 밥맛이 좋을 수밖에…… 군것질거리를 사다 먹는 일 따위가 없으니 입맛을 버리지 않아서 음식의 참맛을 깨닫게 되는 것이기도 하리라.

이렇게 해주는 대로 뭐든 잘 먹는 꼬마 손님들을 위하여 나는 야심찬 메뉴를 준비하였다. 바로 호박죽과 만두! 마침 합천에 살 때 친하게 지내던 이웃이 애 둘을 데리고 온다기에 겸사겸사 일을 벌인 것이다. 속이 주황빛으로 예쁘게 물든 호박을 잡아 아침부터 푹푹 삶고, 만두소를 위해 여러 가지 재료도 준비하였다. 말린 죽순 불려서 삶아놓고, 호박나물 불리고, 고구마 쪄서 으깨고, 두부는 물기를 짜고, 당면은 살짝 데쳐 다지고…… 거기에다 양파와 백김치까지 잘게 다져 넣어 소금과 후추로 간을 하였다. 만두피까지 밀 여력은 없어서 지난번 생협에서 장 볼 때 미리 사다놓았으니 그것으로 준비 끝!

난로 위에서 호박죽이 팔팔 끓는 동안 어른 아이 할 것 없이 밥상 앞에 둘러앉아 만두를 빚었다. 먼저 내가 시범을 보이고 천천히 따라해 보라고 하니 아이들은 사뭇 진지한 자세로 만두 빚기 놀이에 빠져든다. 조막손을 꼬물거리며 웃긴 모양을 개발해 내기도 하고, 남 몰래 만두소를 훔쳐 먹기도 하고, 훔쳐 먹다 들켜 핀잔을 듣기도 하면서 말이다. 그리하여 납작한 주머니 같은 납작 만두, 속이 꽉 차다 못해 터져 나온 터진 만두, 만두소는 거의 없고 만두피만 접힌 빈주머니 만두 등 다양한 만두가 만들어졌다. 사람 손이 무섭다고 한 그릇 수북하던 만두소도, 60장이나 되던 만두피도 어느새 다 팔려버렸다.

이제는 만두를 찌는 시간! 아이들은 노는 것도 잊고 만두가 익기만을 기다렸다. 어쩐지 세상에서 가장 맛있는 만두를 먹게 될 것 같다는 둥, 고기가 안 들어가서 맛이 괜찮겠냐는 둥 저희들끼리 이런저런 이야기를 주고받으면서. 아무튼 만두가 익는 10여 분 동안 아이들은 얼마나 애가 탔는지 "다 익었어요?" "언제 익어요?" "아, 배고프다" 소리를 쉬지 않고 내뱉었다.

그렇게 기다리고 기다려서 마침내 찐만두 접시가 상에 오르자, 뜨거운 줄도 모르고 손에 들고 호호 불어 먹는다. 그렇게 첫 접시는 게 눈 감추듯 사라지고 두 번째, 세 번째 접시까지도 그렇다. 어른들은 감히 손을 뻗기 어려울 정도로 맛있게들 먹는다.

"고기가 안 들어가도 맛있네. 엄마, 우리도 집에 가서 이렇게 해먹어 보자."

"내 납작 만두 어디 갔지?"

"만두피만 있는 건 누구 작품이야?"

만두 밥상 앞에서 실컷 만두 이야기로 꽃을 피우더니 배가 부르자 슬며시 사라져 다시 뛰어논다. 만두 먹은 힘으로 더 크게 웃고 더 시끄럽게 떠들어대면서.

그런 아이들 모습을 지켜보며 찐만두 하나 먹기까지 내가 보낸 온 하루가 꽉 찬 보람으로 다가온다. 번거롭고 성가신 일이긴 해도 아이들과 과정을 함께했을 때 느끼는 가슴 벅참은 말로 다 설명할 수 없다. 먼 훗날 이 아이들에게 '만두' 하면 떠오르는 겨울날의 추억이 하나 있다는 것만으로도 살아가는 데 큰 힘이 될지 누가 아는가?

아니, 아이들에겐 어떨지 몰라도 적어도 나에겐 그렇다. 시간이 많이 흘러도 이 어여쁜 아이들과 함께한 알찬 시간은 언제까지라도 내 속을 든든하게 채워줄 것 같다. 속이 꽉 찬 만두 한 입 베어 문 것처럼.

알토란처럼 살길 바라며,
토란탕

　　　　　　　　　　두 해 전 광주에서 침뜸 교육을
받으며 한 친구를 만나게 되었다. 유방암으로 항암 치료 끝에 완
치 판정을 받은 지 얼마 안 된 친구였다. 그녀는 나와 동갑내기
인데다 (당시만 해도) 아들이 둘이라는 공통점이 있어 쉽게 친
해졌는데 내가 사는 삶에 많은 관심을 보였다.

　"땅에 뿌리를 내리고 살아서 정말 좋겠어요. 저는 늘 꿈만 꾸
는데 애기 아빠가 시골 출신이라 반대를 많이 해요. 제가 현실
을 몰라서 그런다며 꿈 깨고 정신 차리라고 해서 여지껏 이러
고 있네요."

　"그렇지만 건강 때문에라도 사는 환경을 바꾸는 게 좋지 않아

요? 일단 저희 집에 놀러라도 자주 오세요. 아이들도 비슷한 또래고 하니 같이 놀면 좋겠어요."

마침 내가 육아 모임을 계획하고 있던 터라 한 달에 한 번 우리 집에서 모임을 하자고 제안했더니 그녀는 화색을 띠며 반겼다. 하지만 모임에 나온 건 딱 두 번. 아이가 아프거나 남편이 바쁘거나 둘 중 하나의 이유로 번번이 참석이 어렵다는 연락이 왔다. 그녀의 남편은 맡은 업무의 성격상 해외 출장이 잦은데 그럴 경우 그녀는 발이 꽁꽁 묶인다고 했다.

"운전은 못하세요?"

"면허는 있어요. 근데 애기 아빠가 제가 운전하는 걸 많이 불안해해요."

대화를 하다 보면 번번이 '애기 아빠가……'란 말이 무슨 장애물처럼 툭툭 튀어나왔다. 심지어 그녀가 보내온 많은 편지들(모임에 못 나오게 되면서 그녀는 한두 달에 한 번꼴로 손편지를 보내왔다)에서도 그랬다. 그녀는 그녀 자신을 새장 속에 갇힌 새로 표현하며 '언.젠.가.는.' 자유롭게 될 날을 꿈꾼다고 했다.

그때마다 나는 말했다. 오늘이 좋아야 내일도 좋다고. 무조건 참고 견디는 게 능사는 아니니까 오늘 하루 어떻게 신나게 살지만 생각하라고. 만약 도시를 떠나는 게 명확한 답이라고 여기는

데 신랑이 반대한다면 신랑에게 선전포고라도 내리라고. 하지만 내 말이 그녀에게 어떻게 가 닿는지 알 수는 없었다.

그리고 몇 달이 지난 뒤, 급하게 빈집을 알아봐 달라는 연락이 왔다. 병원에서 정기 검진을 받았는데 암세포가 간으로 많이 전이된 상태란다. 이제는 완치가 아니라 생명 연장을 위해 항암 치료를 하라는 권고를 받았는데, 그녀는 병원 치료는 받지 않고 싶다고 했다. 그저 우리 마을에 이사 와 나와 이웃해 살며 자연을 가까이하는 게 마지막 치료법이 아닌가 여긴다고······

"남편분은 뭐라고 하세요?"

"제가 이 지경이 되니 두 손 다 들었어요. 제 맘대로 하라네요."

때마침 우리 마을에 주인이 팔려고 내놓은 빈집이 있어 말했더니 당장 보러 오겠다고 했다. 상황이 상황인 만큼 이제는 자신의 삶을 더 이상 유보하지 않을 작정인 듯했다.

"그래요, 아직 늦지 않았어요. 어차피 누구나 내일은 장담 못 하는 거 아니겠어요? 하루하루 빛나게 살다 보면 언제 아팠나 싶을 때가 올 거예요."

나는 진심으로 그녀를 응원하는 마음이 되었고, 내가 도울 수 있는 일이 있다면 최선을 다해 돕고 싶었다. 그리하여 그녀가 집을 보러 오겠다고 한 날, 정성을 다해 밥상을 차려내어 내 마음을 보여주었고, 복덕방 주인이라도 되는 양 빈집의 이모저모를 소개했다. 그러나 예상치 못한 상황이 펼쳐졌다. (그녀 말고) 그녀의 남편이, 팔려고 내놓은 집 말고 엉뚱한 땅에만 군침을 흘리는 게 아닌가.

"당신이 저런 홑껍데기 같은 집에서 살 수 있겠어? 당신은 추위를 많이 타잖아. 그 집 말고 그 뒤에 터가 좋던데…… 거기는 안 판답니까? 그 뒤로 싹 밀어서 크게 주차장을 들이고 조립식으로라도 집 하나 지으면 딱인데……"

"큰 주차장은 뭐 하시려고요?"

"가끔씩 지인들 불러서 고기도 구워 먹고 하려면 일단 주차장이 좀 넓어야지요."

그 말을 듣고 사실 나는 좀 놀랐다. 아내가 위독한 상황에서 손님들을 위한 주차장까지 생각하며 집을 보러 다니다니! 하지만 그녀는 "난 모르겠으니 당신 뜻대로 하소" 하고 말았다. 여전히 남편의 뜻이 먼저였다.

그 뒤로도 그녀는 전화나 문자로 간간이 소식을 전해왔다. 남편 회사 가까운 곳에 평당 40만 원 하는 땅을 샀다고, 집 짓는 과정에서 몇 가지 문제가 생겨 공사가 지연되고 있다고, 건강이 악화되어 결국 항암 치료를 받고 있다고…… 그러다가 며칠 전에 다시 전화가 왔다. 우여곡절 끝에 집 공사가 대략 마무리되었고 항암 치료중에 몇 차례 죽을 고비를 넘기며 결국 치료는 중단한 상태라며 우리 집에 오고 싶단다. 와서 내년에 텃밭에 뿌릴 씨앗을 얻어가고 싶다면서.

나는 물론 환영이었다. 어쩌면 다시 볼 수 없을지도 모른다 여겼는데 다시 볼 수 있다는 것만도 얼마나 고마운지. 그동안 얼마나 고생이 많았겠나 싶어 또다시 밥상으로 내 마음을 보여주고 싶었다. 팥을 듬뿍 넣고 밥을 짓고, 번거로워 잘 안 해먹게 되는 토란으로 탕을 끓이기로 했다. (지난해 우리 집에 왔을 때 토란탕을 끓였더니 그녀가 암에는 뿌리채소가 약이라며 아주 맛나게 먹었던 게 떠올라서다.)

다시마 담가놓은 쌀뜨물에 미리 살짝 삶아 껍질을 까놓은 토란을 넣고, 무와 당근도 썰어 넣고, 생들깨를 진하게 갈아 함께 넣고 푹 끓였다. 간은 된장으로. 이제 탕이 끓는 동안 죽순나물을 볶고, 밭에서 막 뽑아온 당근과 배추로 청국장 샐러드, 거기에다 동치미 썰어 올리고, 숯불에 김 굽고…… 평소에도 밥이 약이 되어야 한다는 생각으로 밥상을 차리지만 그날은 더더욱 약이 되라는 마음을 보탰다. 그녀가 알토란처럼 알차게 자기 삶을 살기를 바라는 마음까지도 담았다.

"그동안 이 밥상이 얼마나 그리웠나 몰라요."

그녀는 울먹이며 숟가락을 들었고, 다행히 밥을 맛있게 먹었다. 항암을 안 하니까 조금씩 입맛이 살아나고 있다고 했다. 입맛이 돌아오니 이렇게 돌아다닐 기력도 있다고…… 그녀의 말을 들으며 우리가 '밥심'에 기대어 살아가고 있다는 사실이 실감나게 다가왔다. 그래, 사는 게 뭐 별건가? 잘 먹고, 그 힘으로 잘사는 것. 그렇다면 잘산다는 건? 남 눈치 볼 것 없이 내가 나를 나답게 사는 것. 그러자면 먼저 새장 문부터 박차고 나와 누군가의 그늘에서 벗어나는 게 먼저일 게다. 지금껏 실속 없이 껍데기로만 살던 삶을 내던지고 온전히 알맹이로 살기!

그녀의 남편이 한 자리에 있어서 툭 까놓고 내 진심을 다 말할 순 없었다. 하지만 시금치, 당근, 완두콩, 구억배추, 울타리콩 등 여러 가지 씨앗을 챙겨 보내며 나는 속으로 당부하고 또 당부했다. 지금부터는 알맹이만 생각하라고, 그리하여 그녀만의 씨앗으로 솟구쳐 오르고, 그녀만의 밥상을 차려내라고! 이 아픔이 부디 그녀에게 가장 소중한 스승이자 메시지가 되어 그녀의 길을 이끌어주기 바란다. 더불어 거품을 걷어내고 진정 붙잡아야 할 삶이 무언지 가르쳐주기를.

오래오래 기다린
단맛, 조청

강추위가 몰려온데다 눈까지 쏟아져 내려 우리 마을은 한동안 고립이 되었다. 그 때문에 오기로 했던 손님도 못 오게 되고, 우리 집에서 열리는 공부 모임도 취소될 확률이 높아졌다. 온 세상이 한 폭의 그림 속에 정지된 가운데 어쩐지 외로우면서도 황홀한 기분…… 그렇다, 고립감이 주는 이상한 편안함이 있었다. 나는 날 추운 걸 핑계로 마음껏 게을러지고 싶은 열망에 휩싸여 오히려 몸을 부지런히 놀렸다. 땅콩 넣고 멸치볶음을 해서 밑반찬을 만들고, 시래기청국장도 큰 솥으로 한가득 끓이고, 바깥 항아리에서 반쯤 얼어 있는 아이스 동치미도 미리 넉넉히 꺼내다 놓고…… 음하하! 이제부터 며칠은 밥만 해서 먹으면 되리라. 방바닥에서 뒹굴뒹굴 겨울 잠 자는 곰 흉내나 내볼까?

한편 부지런쟁이 우리 신랑은 나무하러 다닐 수조차 없는 며칠 동안 조청을 만들겠단다. 이렇게 추운데 조청을? 이때다 하고 휴가를 가지려는 나와는 달리, 일 벌이기를 겁내지 않는 희한한 사람이다. 그러거나 말거나 굿이나 보고 조청이나 먹자는 마음으로 지켜보는데 과연 혼자서 무지무지 바쁘다.

조청용으로 갈무리해 둔 나락을 정미기에 찧고, 쌀을 골라서 씻어서 불리고, (1월 초에 미리 싹을 틔워서 말려둔) 엿기름을 믹서에 갈고, 식혜 밥을 삭힐 항아리를 씻어서 말려놓고…… 그뿐인가, 난로에 넣을 장작을 나르느라 흩날리는 눈발 속을 수도 없이 들락날락거린다. 너무 추워서 나와 아이들은 방 안에서 한 발자국도 나가지 않고 이불을 둘둘 말아 덮고 있는 와중에 방에 들어와 잠깐 앉을 틈조차 없다. 그리하여 어느 날 늦은 밤이 되어서야 고두밥이 다 쪄지고, 엿기름물에 버무린 고두밥은 드디어 아랫목 항아리에 안쳐졌다.

"오늘 방이 너무 뜨거운 거 아니에요? 등짝이 녹아내리겠네."

"식혜 밥이 잘 삭으려면 방바닥이 뜨거워야 돼요. 너무 뜨거우면 애들이랑 청라 씨가 윗목에서 자요."

그렇게 말하고는 식혜 밥 들어 있는 항아리에 두꺼운 목화솜 이불을 두 개나 덮어주며 단도리를 한다. 오늘밤 이 방의 주인은 저 항아리라고 말하는 것처럼 말이다. (조청의 맛과 양은 식혜 밥이 얼마나 잘 삭느냐에 따라 결정이 되고, 식혜 밥이 잘 삭고 안 삭고는 삭히는 온도에 큰 영향을 받는 것이기에 정성을 다하는 것이리라. 이건 그간의 숱한 시행착오를 통해 배운 결론!)

다음날 아침, 아니나 다를까 눈 뜨자마자 항아리의 안부부터 묻는 신랑. 너무 오래 삭혔는지 식혜 밥에서 약간 쉰내가 난다며 걱정을 했지만, 내가 먹어보니 식혜 밥이 충분히 삭아 식혜 물이 아주 달았다. "나도 먹을래!" 하며 달려드는 아이들에게 맛을 보여줬더니 아이들도 달다며 좋아라 한다. 심지어 다울이는 "설탕 넣었어? 어떻게 이렇게 달지?" 하면서 능청까지 떤다.

우리의 반응에 안도의 한숨을 내쉬며 신랑은 식혜 물을 걸러 들통에 담았다. 쌀 넉 되로 밥을 했는데 식혜 물의 양이 많아서 큰 들통에 한가득 담고도 한 바가지나 더 남았다. 이제 식혜 물이 졸아들 때까지 온종일 저걸 졸여야 한다는 건데 도대체 얼마나 기다려야 할까? 나는 혹시나 오후 간식 시간에 조청 맛을 볼 수 있을까 싶어 냉동실에 얼려둔 가래떡을 꺼내놓고 식혜 물이 졸아드는 기세를 살폈다. 아이들도 노는 틈틈이 조청이 얼마나 졸여졌나 궁금해 하며 들여다보았다. 그러는 동안 우리 신랑은 꼬박 난로 앞을 지키고 서서 조청을 저어주고, 거품을 걷어내고, 나무를 넣고…… 혹시나 조청이 끓어 넘칠세라 잠시도 경계를 늦추지 않았다.

하지만 조청은 우리의 인내심을 시험하는 듯했다. 오전 내내 졸였는데도 식혜 물이 얼마 줄지 않았다. 낮잠 자고 일어나서 또 살폈지만 들통에 가득하던 식혜 물은 고작 7센티미터 정도나 졸아들었을까? 할 수 없이 오후 간식은 가래떡 말고 고구마로 대체! 저녁밥 먹고 나면 입가심으로 맛볼 수 있겠지 기대하며 아쉬움을 달랬지만 웬걸, 아직도 더, 더 졸여야 한단다.

결국 밤늦게까지 졸이고 다음날 아침 일찍부터 다시 졸여 점심 먹을 무렵에야 모든 작업이 완료되었다. 정말이지 얼마나 오래오래 가슴을 졸이며 기다려야 했던 단맛이란 말인가. 들통과 국자 바닥에 눌어붙은 조청을 맛보며 나와 아이들도 아주 오랫동안 "음~" 소리를 내며 맛을 음미했다. 설탕처럼 강렬한 단맛은 아니지만 은은하게 퍼지는 그 깊고 그윽한 단맛에 자꾸만 숟가락을 빨면서…… 또한 오후에는 숯불에 구운 가래떡에 해바라기 씨랑 검은깨를 잔뜩 빻아 넣은 조청을 찍어 먹으며 더없는 행복감에 젖기도 했다.

그런데 말이다, 정작 조청 만들기에 혼신의 힘을 다 기울였던 이는 맛은 제대로 보지도 못하고 길고 긴 낮잠에 빠져들었다. 우리 가족 1년 먹을 조청을 마련한다고 이틀 동안 밤잠을 설치고 새벽부터 불을 때고 하느라 정말 많이 고단했던 모양이다. 결국 우리가 맛보는 단맛은 그의 헌신과 정성이 인고의 시간을 거쳐서 만들어낸 '작품'이라는 건데, 그걸 생각하면 조청 한 방울도 어찌 함부로 흘리리오. 이게 어떤 단맛인데, 이게 얼마나 오래 기다린 단맛인데!!!

그날 밤 나는 잠자리에서 옛날이야기를 들려달라는 아이들에게 이런 이야기를 들려주었다.

"옛날 옛날에 멍멍이랑 야옹이랑 괴물이 살았어. (다랑이는 밤마다 '멍멍 야옹 괴물 옛날이야기'를 해달라고 한다. 그래서 본의 아니게 모든 이야기에 이 세 인물이 등장한다.) 셋이서 같이 놀고 있는데 어느 날 다울이 다랑이 집에서 다디단 냄새가 나는 거야. 그래서 찾아가 봤더니 다울이 아빠가 조청을 만들고 있지 않겠어? 셋은 조금만 기다리면 조청을 얻어먹을 수 있겠지 하고 잠자코 기다렸어.

그런데 아무리 기다려도 더 기다려야 한대. '이젠 됐겠지' 하고 물어보면 더 기다려야 한대. 기다리고, 기다리고, 또 기다리고……

결국 기다리다 지쳐서 눈알이 튀어나오고 목이 빠지고 잠이 쏟아져 꾸벅꾸벅 졸고 있을 때에야 '와, 드디어 조청이 다 됐다' 소리가 들렸대. 그렇게 기다려서 먹는 맛이니 얼마나 맛있겠어? 셋은 가래떡에 조청을 찍어 게 눈 감추듯 냠냠 맛있게 먹었대."

내가 이 이야기를 해줄 때 아이들은 멍멍 야옹 괴물이 기다리다 기다리다 지치는 대목에서 배꼽 빠지게 깔깔 웃어댔다. 남 얘기가 아니라 더 실감이 났던 것일까? 오랜 기다림은 이렇게 달달하고 재미난 이야기로도 남았다.

다울이 혼자 만든 간식,
고구마 경단

 어느덧 큰아이 다울이가 여덟
살이 되었다. 여덟 살이면 으레 초등학교에 입학하는 나이지만
나와 신랑은 오랫동안 고민하며 잠 못 이루는 밤을 보낸 끝에 다
울이를 학교에 보내지 않기로 했다. 일단은 다울이가 학교에 가
지 않겠다고 워낙 완강하게 자기 표현을 하고 있기도 하고, 부모
인 우리 역시 우리가 처한 환경에서는 학교에 가지 않는 게 자
연스러운 것 같다는 결론을 내린 것이다.

그러니까 아침마다 스쿨버스를 타고 등교하는 거리가 만만
치 않은 것부터가 고민의 시작이었다. 1년 반 정도 병설유치원
에 보내면서 나는 날마다 스쿨버스에 몸을 실은 아이들을 가까

이서 목격할 수 있었는데, 잠결에 억지로 어디론가 떠밀려가는 듯 비몽사몽하는 눈빛에 거의가 무표정한 얼굴이었다. 한창 생기발랄할 나이에 아침마다 잔뜩 시든 얼굴을 하고 하루를 맞이해야 한다는 게 나로서는 납득이 가질 않았고, 유치원에서 돌아올 때면 다울이 역시 잔뜩 지친 표정으로 짜증을 낼 때가 많아 그것 역시 아무렇지 않게 받아들일 일은 아니란 생각이 들었다.

그런데다가 유치원에 적응해 갈수록 다울이는 조종당하는 데 길들여진 로봇 같은 반응을 보였다. "엄마, 나 이제 뭐해?" "밖에 나가서 놀아도 돼?" "이거 먹어도 돼?"…… 이런 식의 질문을 쏟아내며 자신에게 뭔가 지시를 내려주기를 기대하는데, 그런 다울이를 볼 때마다 숨이 컥컥 막혔더랬다.

결국 고민 끝에 병설유치원을 그만둔 지 1년하고도 두 달, 다울이는 언제 그랬냐는 듯 자기 몫의 자기 시간을 살아가고 있다. 어떤 날은 뜬금없이 아직 태어나지도 않았고 생기지도 않은 강아지를 위해 집을 만든다고 창고를 왔다 갔다 하며 바쁘게 뚝딱거리기도 하고, 놀이방을 새롭게 꾸미겠다며 구석구석에 있는 온갖 잡동사니를 끄집어내 어질러놓기도 하고, 빈 상자를 로봇 가면으로 꾸며 동생에게 뒤집어씌우기도 하는 등 누가 뭐라 하든 날마다 새롭게 재미난 일을 벌이고 있는 것이다.

특히 내가 다랑이를 재우는 낮잠 시간이 다울이에게는 자기만의 특별한 시간이 되고 있는 모양이다. 엄마가 잔소리를 퍼부어 자신의 행동을 가로막거나 동생이 귀찮게 따라다니며 자기가 하는 일을 훼방하지 않으니 얼마나 신이 날까? 요 며칠은 간식 만드는 재미에 꽂혔는지 다랑이 좀 재우라며 안방 문을 꼭 닫고 나가 비밀스러운 몸짓으로 뭔가를 하고 있을 때가 많다.

우당탕탕 냄비나 그릇을 꺼내는 소리가 들리기도 하고, 뭔가를 칼로 자르는 소리, 싱크대 서랍을 열었다 닫았다 하는 소리도 들린다. 도대체 또 무슨 짓인가 싶어 벌떡 일어나 달려 나가고 싶은 것을 꾹 참고 잠자코 누워 있으면 다울이가 흥에 겨워 흥얼거리는 콧노래 소리까지도 들을 수가 있다. '뭔가에 몰입했을 때 신이 나서 절로 나오는 노래로군. 저 녀석 지금 행복하구나.' 그 시간만은 깨뜨리지 않는 게 예의다 싶어 나는 모르는 척 눈을 감고 만다.

마침내 간식 준비가 다 되면 다울이는 잠든 이들을 깨우고 싶어 안달이 난다. 큰소리로 문을 열고 닫고, 내 귓가에 대고 "엄마, 내가 맛있는 선물을 준비했어. 빨리 일어나" 하며 소곤거리기도 하면서 말이다. 그럼에도 아무런 반응이 없으면 마침내 최후의 수단으로 다랑이에게 직접 "다랑아, 간식 먹자. 안 일어나면 형아 혼자 다 먹는다"라고 말을 건다. 누가 뭐 먹는 소리만 나면 귀신처럼 알고 눈을 번쩍 뜨는 먹보 다람쥐의 습성을 이용하는 것이다. 그렇게 해서 우린 모두 다울이가 준비해 놓은 간식 상 앞에 앉는다.

오늘의 메뉴는 다울이가 썰어놓은 땟국물 줄줄 흐르는 사과 몇 조각(자르다가 거의 다 집어먹고 몇 조각 안 남았다)과 고구마 경단! 거기에다 요상한 장난감 컵에 담긴 정체를 알 수 없는 주스도 한 잔씩 놓여 있다.

"(깜짝 놀란 척) 이게 다 뭐야? 진수성찬이 따로 없네."

"고구마를 방망이로 찧어서 한 입에 먹기 좋게 주먹밥처럼 만들었어. 엄마 이런 거 안 먹어봤지? 내 머릿속에 갑자기 이 음식이 떠올라서 해봤더니 내 생각처럼 아주 맛있어. 봐, 다랑이도 잘 먹잖아. 아기들도 먹기 좋겠지? 내가 가르쳐줄 테니까 엄마도 해봐. 어렵지 않아."

"이 주스는 또 뭐고?"

"매실 효소인 줄 알고 물에다 탔는데 아무 맛이 안 나더라. 엄마가 먹어보고 뭔지 생각해 봐."

"아니, 괜찮아. 엄마는 이따가 먹을게. 아무튼 정말 훌륭하다. 네가 만든 요리로 책 만들어도 좋겠어."

"나도 그러면 좋겠다고 생각했는데…… 그럼 내가 만화로 그려볼까?"

그러더니 다울이는 먹다 말고 당장 공책을 꺼내 책 만든다며 수선을 떤다. 하고 싶은 게 있으면 당장 하고야 마는 저 (성질 급한?) 열정을 보라! 나는 다울이의 열정을 내심 부러워하며 다울이가 만든 고구마 경단을 조심스럽게 입에 넣었다. 늘 먹던 고구마를 으깨어 빚었을 뿐인데, 맛이 이렇게 또 다르다는 게 신기하다. 더 부드럽고 더 달콤한 느낌…… 아들이 해준 거라 더 맛있는 걸까? 난장판이 되어 있을 부엌과 이 음식을 주무르고 빚었을 다울이의 까만 손을 생각하면 눈앞이 아찔하지만, 그래도 맛있는 건 맛있는 거다.

아무튼 이 못 말리는 열정쟁이 덕분에 내게 맡겨진 부엌데기의 사명을 새롭게 마주한다. '오늘은 뭘 먹이나?' 하고 타성에 젖어 습관적으로 하고 있던 모든 일이 마음먹기에 따라서는 신나는 놀이가 될 수 있다는 것을 다울이가 몸소 가르쳐주었기에.

그러고 보면 아이들은 정말 가까이에 있는 큰 스승이다. 이와 같은 큰 스승을 온종일 가까이에 두고 산다는 건 얼마나 큰 행운인지! 다울이가 학교에 안 간다고 해서 정말 다행이다.

우리 집 밥상의
주인공은 밥

　　　　　　　　　　　　외진 곳에 처박혀 살아도 손님
은 끊이질 않는다. 더구나 요즘에는 마을에 팔려고 나온 빈 집
과 땅이 있어 여기저기 소개하고 있는 터라, 그 일 때문에라도
손님이 잦다. 이런 우리 집 사정을 지켜보는 마을 할머니들은 무
척이나 걱정들을 하신다. 뭐 먹을 것이 있어서 손님 대접을 하
느냐는 거다. 장을 보러 나가는 일도 거의 없는데 손님이 오면
어떤 밥상을 차려내는지 나보다 더 눈앞이 캄캄하신 모양이다.

　　물론 나도 손님이 온다고 하면 어떤 반찬을 준비해야 하나 걱
정이 아예 없는 것은 아니다. 하지만 믿는 구석이 있으니 그건
바로 밥! 우리 집에서 밥상을 나눈 손님들 대부분이 "밥만 먹어

도 맛있다"고들 하니, 밥 한 그릇 정성 들여 짓는 일이 가장 중요하다 여긴다. 밥상의 주인공은 어디까지나 밥이고 밥이어야만 한다는 게 부엌데기로서 내 철칙이라면 철칙이랄까?

여기서 잠깐 내가 밥 짓는 과정을 소개하자면 이렇다. 현미와 현미찹쌀, 흑미가 적당 비율로 뒤섞인 쌀에 갖가지 잡곡(통밀, 겉보리, 수수, 율무, 조 등)을 섞어 깨끗이 씻는다. 하룻밤 물에 푹 불렸다가 다음날 조리질을 한다.

요즘 세상에도 조리질을 하냐고? 그러게나 말이다. 정미기를 현미 전용으로 바꾸는 과정에서 돌을 골라내는 석발기를 떼어낸 터라, 돌밥을 먹지 않으려면 조리로 정성껏 일어야 한다. (씻지 않고 바로 먹는 쌀도 있는 세상에 조리질까지 해야 한다니 혀를 차는 분도 있을 줄로 안다. 나 역시 처음 조리질을 배울 때 이것이 인간으로서 해야 할 짓인지, 나는 왜 이렇게 살아야만 하는지 몸으로 받아들이기 어려웠다. 어설픈 조리질 솜씨에 허구한 날 돌밥을 지어 조마조마한 마음으로 밥알을 씹어야 했던 일도 얼마나 많았는지! 하지만 지금은 어느새 몸에 배어, 조리질할 때 손목의 유연한 움직임을 즐기는 경지에까지 올랐으니, 내가 생각해도 놀라운 발전을 이룬 셈이다.)

그런 다음 쌀을 소쿠리에 담아 젖은 면보를 덮고 한나절이나 그 이상 그대로 둔다. 이른바 발아 현미가 되는 과정을 거치는 것이다. 그렇게 해서 하루 이틀 물에 충분히 불린 옥수수나 밤말랭이, 은행, 각종 콩이나 팥 같은 것을 넣고 압력솥에 밥을 짓는다. (농한기에는 가스 불 대신 나무로 불을 때서 밥을 하기도 한다.)

요즘같이 바쁜 세상에 이게 무슨 신선놀음이냐고? 그렇다. 나는 밥 짓기를 신선놀음이라 생각한다. (신선놀음을 하는 내가 곧 신선 팔자? 우와!) 그리고 우리 집 밥은 소농만이 누릴 수 있는 호사 또는 사치라고 여긴다. (가진 재산이 제아무리 많다 한들 손수 여러 가지 잡곡 농사를 짓지 않고는 누가 이런 '명품 밥'을 먹을 수 있겠는가? 그런 의미에서 명품 가방 같은 것으로 사치를 부리는 아줌마 따위 전혀 부럽지 않다.)

그것이 내가 그 어떤 손님 앞에서도 주눅 들지 않고 상을 차려내는 이유이다. 항간에는 "현미는 독이다"란 얘기가 떠돌기도 하고, 아이들이 잡곡밥을 먹으면 안 되는 이유를 늘어놓는 사람도 있지만, 그 얘기들이 크게 내 마음을 사로잡지는 않는다. 왜? 밥은 곧 몸으로 말을 하니까. 내가 한 밥을 먹고 나서 몸에 불편함이 머무르지 않으니 내가 지은 밥은 뭔가 모자라거나 나에게 또는 아이들이나 누군가에게 해가 될 거란 생각은 들지 않는다.

또 먹고 나서 똥을 누면 개운하니 들어갈 때부터 나갈 때까지 군더더기를 남기지는 않을 거라 생각한다.

오히려 밖에서 밥(대개는 백미밥)을 먹으면 먹어도 먹어도 허기진 느낌이 들고 뱃속이 답답한 것을 느낀다. 백미여서 그럴 수도 있고, 다른 반찬거리의 영향일 수도 있지만, 어찌되었건 밥만으로 완전하다는 느낌이 전혀 들지 않는다. (그래서 사람들이 만족감을 줄 만한 다른 무엇에 더 사로잡히는 게 아닌가 하는 생각도 든다.) 반찬 맛에 기대어 밥을 넘기는 거지 순수한 밥맛을 즐기게 되지는 않는다는 거다.

여기서 또 누군가는 물을 것이다. 밥맛이라는 게 도대체 무어냐고…… 요즘에는 "밥맛이야"라고 하면 뭔가 고약한 맛을 떠올리기까지 하지만, 사실 밥맛은 정말 참되다. 담담한 듯하면서도 달짝지근하고 깊은 고소함을 남기니까. 씹으면 씹을수록 참맛이 생생하게 살아나는 매력도 있다.

그러니 밥 한 그릇을 어찌 함부로 보겠는가? 밥을 어찌 얼렁뚱땅 짓겠는가? 밥 한 그릇에 내 삶의 태도가 담기고 내 삶의 질이 고스란히 묻어날지도 모르는데 말이다.

그런 의미에서 나는 오늘도 밥 짓는 일에 가장 정성을 들인다. 그리고 밥상 앞에 앉아 "밥아, 정말 고마워"라고 노래한다.

2

마음속까지 환한 봄빛,
봄나물 샐러드

임신 막달이 되니 하루가 다르게 몸이 아주 무겁다. 조금만 움직여도 숨이 차고, 숨 쉬기가 어려우니 아이들에게 책 읽어주는 단순한 일도 힘에 부친다. 그렇다고 가만히 누워 있으면 편한가 하면 그것도 아니다. 바로 눕기가 어려우니 오른쪽이든 왼쪽이든 한 방향으로 누워야 하는데 그러자면 옆구리가 결려서 누워도 눕는 게 아닌 상황! 잠인들 편안하게 잘 수가 없다.

그러니 늘상 해오던 집안일이라 하여도 그 무게감이 남다르게 느껴질 수밖에 없다. 아궁이와 부엌을 오가며 밥상을 차려내고, 빨래를 돌려서 널고, 아이들과 신랑이 어질러놓은 것들을 치우러 쫓아다니다 보면 나도 모르게 한숨을 푹푹 내쉬게 된다. 울컥, 짜증이 솟구치기도 한다. '이 집 남자들, 해도 해도 너무한 거 아니야? 내 몸이 이렇게 무거운데 조금의 배려도 없잖아! 어이구, 내 팔자야……' 하며 나도 모르게 팔자타령까지!

어느새 나는 이 세상에서 가장 가련한 여인이 된 듯한 슬픔에 젖어, 눈시울을 붉히며 벽을 바라보고 누워 있다. 그러나 아이들은 엄마의 기분 따윈 아랑곳하지 않고 '이때다!' 하고 내게 달려든다. 내 몸을 놀이터삼아 올라타기도 하고 양 옆으로 넘나들며 까불며 장난을 치는 것이다. "엄마 힘들어서 쉬는 거 안 보여? 그러지 말고 좋게 말할 때 아빠 놀이터에 가서 놀아라" 하면 아빠는 너무 까칠해서 싫단다.

그렇다. 이런 상황에서 신랑이 나 대신 아이들을 품어주면 오죽 좋으련만, 임산부보다 더 까칠하게 굴 때가 많다. 혼자서 일하고, 혼자서 쉬고…… 뭐든 혼자 하는 것에 익숙한 사람이라 그런 걸까? 일하지 않고 쉬는 동안에도 아이들이 안방에서 놀면 자기는 놀이방에서 쉬고, 아이들이 놀이방에서 놀면 안방에서 쉰다. 게다가 요즘은 잠깐 한가한 틈을 타 짚풀로 바구니 만드는 재미에 빠져 있는지라, 아이들이 가까이 오면 "딴 데 가서 놀아"라며 멀찍이 쫓느라 바쁘다. 결국 아이들이 내 쪽으로 돌아오게 만들고야 마는 것이다.

그럴 때마다 얼마나 속이 부글부글 끓어오르는지 모른다. 워낙에 그렇게 생겨먹은 사람이니까 이해하고 넘어가려고 해도, 이미 지나간 서운한 감정까지 물밀듯이 밀려들어 나를 괴롭힌다. 그러니까 신혼 초에 내가 실수로 어린 억새풀(신랑이 부엌 창가 쪽에 일부러 심어놓은 억새)을 밟았을 때 누가 청라 씨 허리를 밟아 부러뜨렸다고 생각해 보라며 노발대발 화를 냈던 사건이며, 들기름 한 병 살 때도 그걸 꼭 먹어야 하느냐며 눈치를 주었던 거, 밭에서 캔 애기 당근 하나까지 이파리 떼지 말고 먹으라는 둥 잔소리를 늘어놓은 거…… 케케묵은 옛날 일부터 최근 일까지 낱낱이 떠올라 '나는 불행하다. 이기적이고 괴팍한 인간하고 사는 나는 불행하다'는 망념에 사로잡혔다. 애가 셋이 되면 그땐 또 얼마나 힘이 들까, 닥치지 않은 미래의 괴로움까지 앞당겨 서러워하면서 말이다.

그러다 갑자기, '내가 지금 뭐 하고 있나?' 정신이 퍼뜩 들었다. 가만히 누워서 어두운 생각에 사로잡혀 있다가는 내가 나를 잡아먹겠다 싶어서 몸을 일으켜 밖으로 나갔다. 그러고 보니 어느덧 밥 때, 아무리 미운 사람이라도 밥은 먹여야 하지 않겠나.

무엇으로 반찬거리를 하나 탐색 차원에서 일단 마당과 텃밭을 슬슬 거닐었다. 햇볕은 따스했고, 엊그제 내린 비로 아직까지 땅은 폭신했다. 얼마 전까지만 해도 안 보이던 부추 싹이 삐죽삐죽 이파리를 내밀었고 돌나물도 통통해졌다. 그뿐인가, 지난해 길에서 딴 달래 씨앗을 텃밭 구석구석에 뿌려두었더니 달래 밭이 제법 여러 군데 번졌는가 하면, 봄 되어 새로 올라온 배추 싹은 어느새 꽃대 올릴 준비까지 하고 있지 않은가? 자세히 살펴보면 민들레, 머위, 곰방부리, 씀바귀, 쑥, 소루쟁이까지……어제와는 또 다른 들판 밥상이 차려져 있었다. 안 보여서 있는 줄도 몰랐던 봄나물들이 "나 여기 있어요"라고 정답게 말을 걸면서……

땅에 납작 엎드려 입맛 당기는 나물 몇 가지를 바구니에 쓱쓱 담고 있자니, 신기하게도 마음이 살살 풀어지는 게 느껴졌다. 조금 전까지 나를 사로잡았던 심각한 감정들이 사실은 나 혼자 벌이던 원맨쇼인 듯하여 헛웃음까지 나왔다. 그래, 나는 괴로워하기로 작정한 사람마냥 이상한 쇼를 하고 있었던 게다. 어제와 크게 다를 바 없이 가만히 있는 사람을 세상에 둘도 없는 괴팍한 인간으로 만들고 온갖 원망과 비난을 퍼부으면서 말이다.

날마다 새로워지는 봄 들판 앞에 서자 내 마음속에는 환한 봄빛이 번져왔다. 이제 봄나물로 밥상까지 환해지게 만들어볼까?

달래, 민들레 이파리, 씀바귀, 돌나물, 배춧잎, 부추…… 눈에 띄는 대로 바구니에 담아 들고 와 깨끗이 씻었다. 그런 다음 먹기 좋은 크기로 북북 뜯어 작은 사과 한 알 썬 것과 뒤섞어 그릇에 담았다. 소스는 특별히 고민할 필요 없이 짠 거(된장이나 국간장), 단 거(매실 효소나 오미자 효소), 신 거(감식초 또는 막걸리 식초)를 적절히 어울리게 섞어주면 되는데, 오늘은 왠지 깔끔하고 산뜻한 느낌으로 가고 싶어서 국간장과, 오미자 효소, 초콩(집에서 만든 막걸리 식초에 담가놓은 쥐눈이콩)과 초콩 국물로 만들었다. 거기에 들기름 몇 방울 넣고 깨소금까지 비벼 넣으니 산뜻함에 고소함까지! 아, 맛있다.

달콤새콤한 소스 맛에 씀바귀의 지독한 쓴맛까지 매력적으로 느껴졌다. 더구나 아삭아삭 달콤한 사과와 함께 먹으면 쓴맛이 있어 오히려 입맛을 돋운다. 사과를 집중적으로 골라 먹는 아이들도 사과에 달라붙은 씀바귀 잎이나 민들레를 아무렇지 않게 넘길 수 있을 정도로 말이다.

그렇게 하여 푸짐하던 샐러드 한 접시가 금세 바닥을 보이고, 내 마음에도 어느덧 봄볕이 쨍쨍해졌다. 혹시라도 다시 마음 어두워질 땐 가만히 눕지 말고 들판으로 나가야지.

봄나물 샐러드 한 접시가 다시 평화를 가져왔다.

레시피는 없다,
나만의 집 빵

시골에 살면서 내 손으로 이것저것 만들어 먹으면서도 크게 아쉬움을 느끼지 못했지만 빵만은 예외였다. 가끔씩 빵이 정말 먹고 싶었고, 어쩌다 읍내나 도시에 나가면 빵집 앞을 그냥 지나칠 수가 없었다. 내가 이렇게 빵을 좋아했었나? 속 깊이 들여다보면 내가 스스로 만들 수 없기에 더욱, 그 맛에 목말라했던 게 아닌가 싶다.

'그래, 어떻게 해서든 내가 직접 만들어보자!'

결국 나는 빵 만들기 관련 자료를 대거 수집하여 각종 실험에 돌입하기에 이른다. 큰맘 먹고 재료 계량용 전자저울도 사고, 가스레인지용 '직화구이 오븐'도 샀다. 그러고는 인스턴트 이스

트나 베이킹파우더를 이용, 각종 레시피를 다 흉내 내 가면서 숱
한 빵과 케이크, 과자를 구워보았다.

하지만 빵이 아니라 떡 비스무리하게 되기 일쑤였고 도통 감
이 잡히지 않았다. (과자나 케이크는 빵에 비해 쉽지만 소화에
부담을 주는 재료가 많이 들어가는지라 자주 만들어 먹을 음식
은 아니란 생각이 들었다.) 빵 한번 구우려면 빵 책을 펴 들고 지
시대로 재료를 계량하고, 레시피가 요구하는 재료를 다 갖추어
놓아야 하는데 거기서 오는 부담감도 만만치 않았다. 좀 더 정
확히 말하면 그건 주먹구구식 내 요리 스타일과는 전혀 맞지 않
는 방식이었다. '만약 빵 만들기가 이렇게 번거롭고 까다로운 방
식이라면 인류는 빵을 주식으로 선택하지 않았을 것이다. 지금
의 빵 만들기 방식은 뭔가 왜곡되어 있는 게 분명하다.' 그것이
내 결론이었다.

결국 나는 레시피 위주의 빵 책을 다 밀어놓고, 좀 더 근본적
인 빵 만들기 방식을 고민한 책들을 찾아보기 시작했다. 이스트
없이도 밀과 약간의 소금만 있으면 누구나 얼마든지 만들 수 있
는 가장 근원적인 빵, 원형에 가까운 빵을 만들어보기로 결심한
것이다. 더구나 재작년부터는 밀농사 규모가 이전보다 커져 집
에서 먹을 밀가루가 넉넉했으므로, 그걸 기회삼아 나만의 빵을

찾아가는 실험에 박차를 가할 수 있었다.

그리하여 마침내! 꿈은 이루어졌다. 그 어느 책에도 없는 나만의 레시피로 원하는 빵을 구워낼 수 있게 된 것이다. 방법은? 일단 숨 쉬는 옹기그릇에 밀가루와 물을 적당량 섞어두고 빵 요정(공기 중의 효모)이 모여들기를 기다린다. 하루에 한두 번 밀가루 밥과 물을 보충해 가면서 기다리면 2~3일쯤 지나 밀가루 죽에서 시큼한 냄새가 풍기며 거품이 올라오기 시작한다. 드디어 빵 요정들 소집 완료! 나는 숟가락으로 휘저을 때마다 거품을 뿡뿡 터트리는 발효종의 완성을 확인한 뒤 아이들을 불러 모았다.

"얘들아, 빵 요정들이 우릴 도와주러 왔어. 요정들과 친구가 되면 이제부터는 얼마든지 빵을 구워 먹을 수 있겠다. 너희들도 한 번씩 저어주며 '빵 요정아 사랑해'라고 말해줄래? 그러면 요정이 힘이 나서 방귀를 뿡뿡 뀔 거야. 그래야 빵이 둥실둥실 부푼단다."

내 말이 끝나자마자 아이들은 시키는 대로 잘도 한다. 나 못지않게 빵을 좋아하는 녀석들인지라 목소리에 간절함이 뚝뚝 묻어난다.

"빵 요정들아 사랑해. 빵 맛있게 만들어줘."

"사랑해."

그렇게 간단한 의식을 마치면 밀가루에 발효종을 넣고, 소금 조금, 설탕이나 효소 약간, 물, 그밖에 넣고 싶은 재료(맷돌로 콩가루를 갈면 곱게 갈아지지 않은 콩 부스러기가 나오게 마련인데 그때 나온 부스러기나 남은 밥, 우리 집 해바라기 씨, 참깨, 들깨, 쑥이나 냉이 따위 푸성귀, 뽕잎가루…… 무엇이든 좋다. 그때그때 상황과 형편에 따라 넣고 싶은 대로 넣으면 된다. 없으면 안 넣어도 된다)를 넣고 가볍게 몇 번 치대어 반죽을 한다. 재료 계량 없이 적당히 감으로 하니 어떤 날은 반죽이 질어지기도 하는데 아무래도 상관없다. 질면 진 대로 아니면 아닌 대로 그 나름의 개성 있는 빵이 되니까.

그러고는 반죽 그릇에 비닐을 씌워 하룻밤 재우면 그것으로 끝! 아침에 일어나 내키는 대로 모양을 만들어 한두 시간 2차 발효 후에 구우면 된다. 구울 때는 어떻게 하냐고? 캠핑용으로 나온 두꺼운 무쇠솥을 이용하는데, 얼마 전에 신랑이 실외용 화덕을 만들면서 빵 굽기가 훨씬 쉬워졌다. 로켓 스토브 방식이라 얼마 안 되는 나무를 넣어도 화력이 대단하기에 솥단지 예열에 들이던 수고가 대폭 줄어든 것이다. 그리하여 아직 빵 철(밀 수확철부터 가을까지, 우리 집에서는 원래 빵도 제철 음식이었다)이 아님에도 2~3일에 한 번 꼴로 빵을 굽는 호사를 누리고 있다.

뽕잎가루빵, 콩빵, 단팥빵, 구운 호떡…… 그날그날 기분과 형편 따라 내 마음대로 구워내는 빵이다. 빵집에서 사 먹는 빵에 비해 거칠고, 퍽퍽하고, 시큼하고, 밋밋한 느낌일 수 있겠지만 내 입맛엔 내 빵이 최고다. 아이들과 신랑도 물론 좋아라 한다. 특히나 빵은 굽는 과정에서 노릇노릇 슈~웅 부풀어 마술을 체험하는 듯한 기분에 젖게 하니 그 설렘과 환희까지 덤으로 안겨준다.

날이 밝으면 난 또 빵을 빚어 구울 것이다. 침을 꼴깍 삼키며 마술의 맛을 기다리는 우리 집 빵돌이들을 위하여…… 집 빵을 먹고 자란 우리 아이들은 레시피에서 자유로운 자기만의 맛, 자기만의 삶을 찾아가지 않을까? 그것이 내 소박한 빵에 담긴 소신과 철학이다.

살아있음이 그저 고마워서,
삼칠일떡

아기를 뱃속에 열 달 품고 있는
일도 힘이 들고 산통을 겪으며 낳는 일도 힘이 들지만, 낳아서
키우는 일에 비할 바가 아닌 듯하다. 앞서 애 둘을 키워본 경험
이 있으니 내심 조금 더 수월하지 않을까 기대했으나 웬걸, 다시
쩔쩔매고 있다. 그게 다 작고 연약한 새 생명을 다루는 내 손길
이 여전히 무디고 억세기 때문일 것이다.

둘째 다랑이 때도 그랬지만 이번에도 나의 둔감함과 아집으
로 애를 잡을 뻔했다. 지난 4월 11일, 3.5킬로그램으로 건강하
게 세상에 나온 다나. 내 젖꼭지가 아기가 빨기에 좋지 않아 젖
빨 때마다 아기가 무척 힘들어 하며 짜증을 냈지만 그러다가 익

숙해지겠거니 했다. 두 아이를 젖으로만 키웠는데 별일 있겠냐며 '다나가 젖 잘 빨아요? 정 안 되겠으면 분유라도 먹여야 하는 것 아니에요?'라는 신랑의 말에 오히려 자존심 상하여 발끈했다.

"지금 뭔 소리 하는 거예요? 내 딴에는 최선을 다하고 있는데 응원은 못해줄망정, 잘 알지도 못하면서 힘 빠지게 하지 말아요."

이제 와 돌아보면 아기의 대소변 횟수가 적고 황달기가 쉬 사라지지 않는 등 이상 징후들을 미심쩍게 바라보았어야 하는 건데 '괜찮겠지. 설마 별일 있으려고…… 이러다가 나아지겠지' 했다. 더군다나 태어났을 때 넓적하던 아기 얼굴이 점점 갸름해지고 젖 빨다 잠들어버리는 일이 잦았으나 아기가 점점 예뻐지고 순해지는 줄로만 알았지 뭔가? (무식하고 미련한지고!) 결국 다나는 설사를 몇 번 하더니 심한 탈수 증세를 보였고 응급차 불러 대학 병원에 가야만 하는 지경에 이르렀다.

가서 보니 다나 몸무게가 태어날 때에 비해 많이 줄어 있었고 황달 수치도 높았다. (모유량이 많지 않아 황달이 심해지고 황달 때문에 설사하여 탈수가 진행된 상황!) 다행히 다른 큰 이상이 없었기에 3박 4일 동안 수액 맞고 광선 치료를 받은 뒤 집으로 돌아올 수 있었지만 하마터면 큰일 날 뻔했다.

퇴원한 뒤 며칠 동안 다나는 기운이 하나도 없었다. 첫 날은 눈도 잘 뜨지 않았고, 둘째 날은 눈만 뜨고 소리를 내지 않았으며, 셋째 날이 되어서야 겨우 가느다란 울음소리를 들려주었다. 그러니 얼마나 애가 탔겠나? 다나가 우렁차게 우는 소리만 들을 수 있어도 소원이 없겠다는 기도가 절로 나왔다. 나는 그동안 내가 알게 모르게 지은 잘못들을 뉘우치며 앞으로는 그 어떤 생명도 함부로 대하지 않겠다는 약속 기도도 드렸다. (한 생명 한 생명이 이렇게 마음 졸이며 눈을 떼지 못하는 큰 사랑 속에서 자라난 것을 생각하면 어찌 함부로 대하리오!) 그렇게 나는 납작 엎드려 내가 뭘 한다는 생각을 내려놓고 하늘에 기댈 수밖에 없었다. 이번 일을 겪으며 나의 어리석음과 무력함을 뼈저리게 느꼈기에 내가 할 수 있는 일은 기도뿐이라는 사실을 다시금 깨달은 것이다.

나뿐 아니라 우리 식구 모두가 같은 마음이었다. 산후조리를 도와주러 오신 친정엄마는 물론이고 기꺼이 딸바보 될 각오를 하고 있는 신랑과 여동생 보내달라고 노래 부르듯 기도했던 다울이, 다나에게 엄마 품을 빼앗겨 시샘하면서도 다나가 예뻐서 어쩔 줄 몰라 하는 다랑이까지…… 또한 다나가 아팠던 것을 알고 걱정해 준 친지들과 친구들도 다나가 어서 기운을 차리길 바라며 따듯한 마음을 보내주었다.

그 덕분에 다나는 차차 기운을 차렸다. 표정도 편안해졌으며 안아달라고 칭얼거리며 울기도 하고 젖 빠는 힘도 세졌다. (병원에서 퇴원한 뒤로 하루 세 번씩 분유도 먹이는데 처음엔 적은 양도 다 먹지 못하더니 지금은 주는 대로 다 먹는다.) 게다가 똥오줌도 잘 싸고(태어날 때의 몸무게를 회복하려면 아직 멀었지만), 살도 조금씩 오르고 있다. 그러니 얼마나 고마운가? 더 바랄 게 무언가? 젖 먹이느라 잠을 잘 못 자도 애 때문에 아무것도 못하고 애만 쳐다보고 있어도 그저 고마울 뿐!

하지만 여전히 한켠에서 조마조마한 마음을 놓지 못하고 있는 차에 마침 삼칠일이 되어 친정엄마가 지나가듯 삼칠일떡 얘길 뱉으셨다.

"옛날에는 삼칠일에 떡도 하고 그랬어야. 그땐 삼칠일 되기 전에 애가 죽고 하는 일도 많았으니까……"

그 말씀에 귀가 번쩍 뜨여 나도 서둘러 떡을 쪘다. 마침 냉동실에 미리 준비해 둔 쌀가루와 팥고물이 있어서 쌀가루를 체에 내려 팥고물, 쌀가루, 팥고물 순으로 켜켜이 안쳤다. 다나가 쑥처럼 강인하게 쑥쑥 크길 바라는 마음에서 쌀가루에 쑥도 섞어 넣었다. 이름하여 '다 나아요~ 쑥쑥 자라요~ 쑥설기시루떡!' 이랄까?

그렇게 해서 떡을 쪄놓고 상 한가운데 올려놓은 채 나지막하게 읊조리며 기도를 드렸다.

"하느님, 삼신할머니, 조상님……
다나를 제 곁에 살게 해주셔서 고맙습니다.
다나를 통해 생명의 귀함을 깊이 깨닫게 하시니
더욱 고맙습니다.
어린 생명은
더욱 세심한 관심과 정성으로 보살펴야 한다는 걸,
지금 여기 있는 모든 생명은 헤아릴 수 없는
큰 사랑과 돌봄 속에 존재하고 있다는 걸 이제야 알았어요.
제가 귀한 생명을 지키고 돌보는 일에
모자람이 없는 사람이 되도록 도와주세요.
콸콸 흐르는 젖줄이 되어, 막힘없는 사랑이 되어,
다른 생명을 먹여 살릴 수 있도록 도와주세요."

내가 지금 이 순간의 간절함을 잊지 않고 기도한 만큼 살 수 있기를, 눈부시게 꼬물거리는 다나를 보며 마음자리를 깨끗이 닦는다.

덤

삼칠일 바로 다음날, 공부 모임을 같이하던 친구들에게서 선물 꾸러미가 도착했다. 꾸러미에 든 것은 손수 만든 빵과 잼, 콩자반, 감자볶음, 비스킷과 쿠키, 카스테라, 돼지감자차, 두부, 머위대 손질한 거, 국수, 아기 이불 등등의 정성 가득 맛깔스러운 선물들이었다! 곡우에 내리는 단비처럼 새싹과 대지를 흠뻑 적시는 큰 사랑……

선물 꾸러미를 펼쳐본 다울이는 "너무 고맙다. 우린 잘해준 것도 없는데……"라고 말했다. 나 역시도 내가 이렇게 큰 사랑을 받을 자격이 있나 싶어 황송했지만, 앞으로 더 넉넉한 사랑으로 콸콸 흐르라는 응원의 메시지로 받아들이기로 했다. 정말 고맙다. 우여곡절은 있어도 삶은 아름답다!

얼마나 기다렸나
'딸기'

셋째 다나가 태어난 뒤, 우리 식구는 격변의 시간을 겪어왔다. 그 와중에 가장 큰 혼란과 갈등을 겪은 이는 역시 둘째 다랑이. 다랑이는 지킬 박사와 하이드 씨처럼 상반되는 두 얼굴을 보여주었는데 평소에는 "다나 이쁘다"며 볼 때마다 뽀뽀를 해댔지만, 잘 때가 되면 "다나, 다시 뱃속에 들어가라고 해" "다나 젖 먹이지 마"라며 심통을 부렸다. 그냥 심통 정도가 아니라 "너무 힘들어. 나 안아줘"라고 발버둥 치며 소리 지르고 울다가 기어이 내 품을 차지하고 마는 정도의 심통 말이다.

심지어는 조금만 혼을 내거나 자기 말을 들어주지 않으면 엄마 집에 안 산다며 집을 나가 마을 할머니들 집으로 가출하기까지 했다. 거기 가서 과자 얻어먹고 텔레비전을 보며 실컷 어린 양을 부리다가 돌아와 밥 때가 되면 내 속을 뒤집어놓는다. 누워서 밥상을 발로 탁탁 건드리면서 인내심을 시험하는 것이다.

달걀부침이나 생선구이 같은 반찬으로 다랑이를 밥상 앞에 붙들어보려고 애도 써봤지만 반찬만 달랑 집어먹고 밥은 본체만체하니 얼마나 얄미운지. 지금껏 한 번도 밥 제대로 먹어라 소리 해본 적이 없는데(그 정도로 밥을 예쁘게 잘 먹었다) 정말 딴 아이가 되어 엄마 속을 썩이니 그 앞에서 한숨만 푹푹 나올 뿐이었다. 거의 하루 종일 젖 먹이느라 지쳐, 다랑이 때문에 마음 쓰느라 힘들어, 거기에다 다랑이를 혼내준다며 나서서 결국 더 큰 소동이 벌어지게 만드는 다울이 때문에 괴로워…… 때때로 나는 소리 내어 울고 싶은 지경에 이르렀는데, 그러던 어느 날 아침 다울이가 몹시 들떠서 나에게 다가왔다.

"엄마, 손 좀 내밀어봐."

"왜?"

"내가 선물을 따왔어. 딸기 선물…… 오줌 싸러 갔다가 딸기 익었나 안 익었나 한번 봤더니 진짜 크고 빨갛게 익은 게 있더라. 이건 엄마가 먹어야 돼."

"와…… 이제 딸기가 익기 시작했구나. 엄마는 괜찮으니 너 먹어."

"안 돼. 엄마가 먹어야 딸기 맛 쭈쭈가 나와서 다나도 먹지. 나는 조금 빨갛게 된 거 몇 개 따 먹었어."

그러면서 빨갛게 잘 익은 딸기 두 알을 내미는 거다. 한 알만 먹을 테니 나눠 먹자고 해도 굳이 자기는 괜찮다면서 말이다. 그러고는 내가 딸기를 입에 넣는 것을 보며 침을 꼴깍 삼켰다.

옆에서 "나도 먹을래"라며 달려드는 다랑이를 "형아가 또 따 줄게. 딸기밭에 가자"라며 타일러 밖으로 데리고 나가는 의젓한 모습까지 보였다. 자기도 얼마나 먹고 싶었을까, 그걸 참고 가져와 내 입에 넣어주다니…… 딸기 향이 입 안 가득 번지는 것을 느끼며 가슴이 뭉클했다.

그렇다. 내가 먹은 딸기는 그냥 딸기가 아니다. 아주 오랫동안 기다려온 딸기다. 어쩌다 밖에 나가 과일 가게에서 딸기를 보면 아이들은 먹고 싶어서 눈을 떼지 못했지만 그때마다 나는 말했다. 조금만 기다리면 우리 밭에서 딸기를 따 먹을 수 있을 테니 기다리자고, 지금 나오는 딸기는 보기만 좋지 진짜 딸기가 아니라고…… 그러면서 《딸기밭의 요정 할머니》란 책을 읽으며 진짜 딸기는 책 속에서처럼 땅속에 사는 요정 할머니가 하나씩 빨갛게 색칠을 해서 익는 것인데, 비닐하우스에서 키우는 건 빨리 크고 빨리 익으라고 약을 뿌린다고 둘러댔다.

엄마의 거짓말에 속아 넘어간 아이들은 그렇게 딸기를 기다렸다. 덩굴이 번지고, 꽃이 피고, 초록빛 꼬마 열매가 맺히고, 그 딸기가 커져서 조금씩 빨개질 때까지⋯⋯ 앞집 할머니는 딸기 알이 너무 작다며 사 먹고 말지 땅 아깝게 왜 키우냐고 하셨지만 우린 꿋꿋하게 지켜보며 기다렸다.

솔직히 말하면 나도 내심 딸기밭에 거는 기대 따윈 없었다. 특별히 거름을 하지도 않아, 풀을 매주는 것도 아냐, 그러니 딸기가 열리면 얼마나 열리겠냐며 관심도 없었다. 그런데 이렇게 주렁주렁 열매를 매달아 간식거리 궁한 철에 효녀 노릇을 하게 될 줄이야! 물론 시중에 파는 딸기에 비하면 알이 아주 작지만(심지어 쥐눈이콩 알만 한 딸기도 있다) 맛은 아주 진하다. 새콤달콤 부드럽고 향긋하기까지!!! 어쩌면 그간의 기다림이 더욱 깊은 맛을 선물하는 건지도 모른다.

요즘 다울이 다랑이는 참새가 방앗간 찾듯이 딸기밭에 드나든다. 딸기밭 요정 할머니가 점점 더 색칠 작업에 박차를 가하시는지 한 주먹씩 따 먹던 딸기는 어느새 국그릇 한 사발 정도씩, 작은 바가지로 수북이⋯⋯ 날마다 늘고 있다. 그야말로 딸기밭에 붙이 난 것이다. 그 덕분에 오랫동안 집에 마음을 붙이지 못하고 툭하면 가출을 하던 다랑이가 돌아왔다. 우리 집 간식 밥상도 몰라보게 상큼해졌고, 나는 날마다 다나에게 딸기 맛 쭈쭈를 먹일 수도 있게 되었다. 오빠들이 따다준 딸기를 엄마가 먹고 그것으로 만드는 쭈쭈이니 다나는 얼마나 행복할까?

오랜 기다림이 이렇게 큰 행복으로 번지는 것을 보면 기다리길 참 잘했다. 앞으로도 기꺼이 기다리며 "행복은 딸기밭을 바라보며 딸기를 기다리는 것"이라고 말하리라.

든든해요
콩국수

요즘 우리 집엔 호롱게(탈곡용 발타작기) 돌아가는 소리가 요란하다. 바야흐로 밀, 보리 수확의 계절이 돌아온 것이다. 옛날부터 이 시기를 가리켜 발등에 오줌 싼다고 표현했다는데 바빠도 이렇게 바쁠 수가 없다. 우리 신랑은 600평 논에 손모내기를 마치자마자 밀과 보리를 베고 털고 하느라 이른 새벽부터 해질녘까지 눈코 뜰 새가 없다.

농사일을 거들어줄 여력은커녕 살림살이와 아이들 돌보는 일마저 신랑에게 의지해 왔던 나도 덩달아 바빠졌다. 다나 젖 먹이는 일이 아직까지도 수월치 않아 온종일 젖 물리느라 혈안이 되어 있는 와중에 다울이 다랑이 챙겨야지, 빨래하고 청소해야지, 밥 차려야지…… 그렇게 아등바등 닥친 일들을 해치우다 보면 하루가 얼마나 짧게 느껴지는지 모른다. 이건 뭐 3종 장애물 경기나 고3 수험 생활을 방불케 하는 체력전이 아닐 수 없다.

그래도 밥상은 어떻게든 이를 악물고 차려낸다고 하지만 사실 간식거리까지 챙기기란 여간 힘에 부치는 일이 아닐 수 없다. 냉동실에 쟁여둔 쑥떡도 동이 나고, 한 보따리 튀겨온 옥수수 뻥튀기도 며칠 만에 사라지고, 딸기도 끝나고…… 식구들 먹여 살리느라 등골 빠지는 신랑과 밥그릇까지 씹어 삼킬 것 같은 아이들을 무엇으로 위로하나? 가뜩이나 장을 보러 나가지 않은 지 한 달 가까이 되면서 내 고민은 깊어졌다.

바로 그때! 완두콩이 통통하게 알이 차고 있었다. 점심 먹고 나서 잠깐 밭에 나가 그날 먹을 만큼의 풋완두콩을 따서 쪄놓았더니 재미난 간식 놀이 시간이 펼쳐졌다. 그것으로 간식 걱정 끝! 아이들은 깍지째 쭈욱 훑어 먹으며 재미있어했다. 어쩜 이렇게 다다닫지 신기해했고, 서로 달라붙어 있는 완두콩으로 애벌레 놀이도 하고, 완두콩알로는 그림까지 그리며 놀았다. 그야말로 콩 먹고 콩으로 놀고! (다랑이는 완두콩알을 콧구멍에 넣는 장난까지 했는데 콧구멍 속으로 들어간 콩알이 아직도 나오지 않고 있다. 처음엔 걱정했는데 아프다고 울고불고 하는 것도 아니고 아무렇지 않은 걸 보면 큰 문제는 없는 모양이다.)

한 가지 아쉬운 점이 있다면 완두콩은 아무리 먹어도 배가 부르지 않는다는 거다. 과자와 같은 간식을 먹으면 밥맛이 확 달아나는데 이건 전혀 그렇지가 않으니 참 착하다 싶지만서도, 채워지지 않는 허기는 또 무엇으로 달래나?

바로 두유다. 우리 집에서 농사지은 각종 콩들(푸른콩, 메주콩, 쥐눈이콩, 선비잽이콩, 밤콩)을 물에 불렸다가 삶아서 곱게 갈아두면 출출할 때 뱃속을 든든하게 채워주는 훌륭한 간식이 된다. 두유 제조 담당은 우리 신랑인데 그 바쁜 와중에도 아주 까다롭게 두유를 만든다. 콩을 얼마나 삶아야 두유 맛이 좋은지, 된장으로 간을 할 때와 소금으로 간을 할 때 맛이 어떻게 달라지는지…… 그런 것까지 죄다 실험해 가며 명품 두유 레시피를 완성했다. 예전에 내가 만든 거칠거칠한 두유를 거부했던 다올이까지도 아빠표 두유는 엄청 좋아라 할 정도로 부드럽고 고소한 맛! 이런 두유를 대체 어디서 맛볼 수 있겠는가?

두유는 때로 밥이 모자랄 때 구원투수로 등장하기도 한다. 서둘러 국수를 삶아 두유에 말아 먹으면 손쉽게 콩국수가 되기에 말이다. 아니, 꼭 밥이 모자라서가 아니라 너무 맛있어서 후식으로 콩국수를 먹기도 한다. 심지어 아이들까지도 밥 한 그릇 다 먹고도 콩국수를 두 그릇 세 그릇 더 먹을 때가 있으니 밥 배와 콩국수 배는 따로 있는 것일까? 아무튼 꿀 한 되 분량 병에 두유가 한가득 채워져 있어도 하루면 뚝딱 먹어치우니 우리 집 식구들 먹성을 누가 말리랴. (농사짓고 살기에 망정이지 돈으로 뭘 사다 먹는다고 생각했을 때는 정말 감당이 안 될 것이다.)

거기에다 밥할 때 듬뿍 넣어 콩밥 해먹어, 봄철 춘궁기 내내 볶은 콩 간식으로 요기해, 반찬거리 없으면 콩나물콩을 길러 콩나물 해먹어, 겨우내 청국장 띄워 먹어…… 이처럼 삶 속에서 온갖 콩 덕을 톡톡히 보고 있다. 그러하기에 마당 한켠에 신랑이 콩 모종을 해놓은 것을 보며 잘 자라라며 간절한 응원의 메시지를 보내지 않을 수가 없다. 이제 막 고개를 내민 콩 싹은 또 얼마나 예쁜지!

문득 '콩쥐 팥쥐' 옛날이야기에서 왜 콩쥐가 착한 아이였나 그 까닭까지도 추리해 보게 되었다. 먹을 것이 귀했던 그 시절에는 먹으면 쉽게 배가 꺼지는 팥보다 포만감이 오래가는 콩이 훨씬 더 착하다 여겨진 게 아닐까? 마찬가지로 적당한 허기를 미덕으로 여기며 살아가는 우리 식구들에게도 콩은 착한 이웃집 누나와 같은 고마운 존재다. 그리고 더 고마운 건 배가 고파서 무엇이든 맛있게 먹을 줄 알고 고맙게 여길 수 있는 빈 배가 아닐는지?

나는 요즘 사람들이 배가 고픈 줄 몰라 음식의 맛을 제대로 느낄 줄 모르고 고마움도 모르는 무례한 시대를 살아가고 있다고 느낀다. 넘치다 못해 버리고 썩히는 음식이 얼마나 많은가? 진짜 맛도 모르면서 '미식'을 논하고 음식을 가지고 장난까지 치는 것은 죄악 중에 죄악이 아닐까? 언젠가 중국 소수 민족 설화 책에서 이런 이야기를 읽은 적이 있다.

아주 오랜 옛날엔 하늘에서 먹을 것이 떨어졌단다. 떡이고 밥이고 과일이고 날마다 와장창 쏟아져 내리니 얼마나 행복했을까 싶지만 오히려 사람들은 음식을 하찮게 여기게 되었더란다. 먹다 배가 부르면 토하고 또 먹기도 하고, 심지어 아이 똥 닦을 때 쓰기도 하고…… 그래서 하느님께서 화가 나셔서 날마다 내려주시던 음식을 뚝 끊어버렸고 그때부터 사람들은 힘들게 농사를 지으며 살게 되었다는 것이다. 그렇게 고생고생해서 먹을거리를 마련하게 되고부터야 사람들이 먹을거리의 소중함을 알고 귀하게 여기게 되었다는 이야기. 그 이야기를 읽으며 남 이야기 같지가 않았다. 우리 시대에 보내는 경고 메시지이자 진실의 소리로 느껴졌다. 아, 그래서 내가 이 자리에 서 있는 것이로구나 하는 깨달음과 함께 말이다.

콩국수를 먹으며 콩을 기르느라 애쓴 우리 신랑의 땀방울과 여러 모로 도와주신 햇빛, 바람, 비를 느낀다. 그래서 더욱 뱃속이 든든하다. 지난해부터 유두(음력 유월 보름날)에 친한 친구들을 불러 모아 콩국수로 유두 잔치를 열었는데, 올해도 꼭 그래야지.

친구들아, 한층 깊어진 올해의 콩국수 맛을 기대해 줘!

씨감자의 마음으로,
알감자범벅

얼마 전에 다녀가신 외삼촌께서 우리 집 마늘을 보고 말씀하셨다.

"이게 뭐다냐? 뭔 마늘이 이렇게 작대? 살다 살다 이렇게 작은 마늘은 첨 본다. 사진 찍어서 올려놔야쓰겠다."

내가 보기엔 그냥 마늘일 뿐인데 외삼촌에게는 눈이 휘둥그레지게 놀랄 일인가 보다. 그도 그럴 것이 시중에 나오는 마늘은 우리 마늘의 두세 배는 될 만큼 굵직굵직하니까.

마늘만 그런가? 완두콩, 당근, 무, 배추, 옥수수…… 우리 밭에서 나온 것들은 대개가 알이 작아도 한참 작다. 거름을 거의 쓰지 않고 비료 또한 넣지 않으니 그냥 제멋대로 자라 그런 것이다. 남들 눈에는 비리비리해 보이겠지만 올곧게 자라 아주 짱짱하고 여물기는 하다. 시중 것과 맛을 비교해 보면 자부심을 가질만큼 제 맛을 품고 있기도 하다. 그러하기에 나는 작다고 우습게보는 눈길에 흔들리지 않는다.

오히려 알이 무시무시하게 굵은 마늘이나 잎사귀가 커다랗고새파란 배추 같은 것을 보면 섬뜩해지곤 한다. '엄마야, 저기에 도대체 무슨 짓을 한 거야?' 싶어서 말이다. 나 역시도 농사를 아예모르던 때에는 알이 굵어야 농사를 잘 지은 것인 줄 알았는데 이젠 보는 눈이 완전히 달라진 셈이다. (매력적인 농사 '상품'을 만들어내는 별의별 약이 다 있다. 알 굵어지게 하는 약, 때깔 좋아지게하는 약, 빨리 익게 하는 약…… 거기에다 비료만 팍팍 뿌리면 수확량이 두 배 이상 많아지고 이파리가 짙어지는 마법이 일어난다.그걸 아는 이상 어찌 크고 예쁘다고 좋아할 수 있겠는가?)

보는 눈만 달라진 게 아니라 대하는 태도 또한 많이 달라졌다. 한 예로 감자를 캐면 예쁘고 잘생긴 감자알보다 캐다가 호미에 찍힌 것, 모양이 괴상한 것, 껍질에 병이 난 것, 자디작은 것에 마음이 쓰인다. 어느 것 하나 버리지 않고 잘 먹어야겠다는생각에 못난 것들부터 따로 모아 추스르게 된다. 한때는 '왜 농사짓는 사람은 좋은 건 남 주고 자신들은 안 좋은 걸 먹나? 내가 농사를 짓고 산다면 젤로 좋은 것부터 먹겠다'는 다짐을 품고 살기도 했지만 그게 그렇게 되지 않는다. 못나고 아픈 자식부터 챙기게 되는 부모 심정이라고나 할까? 딱 그와 같은 마음이다.

그리하여 신랑이 밭에서 캐온 감자 가운데 아픈 자식(호미에 찍혀 상처 난 것)부터 골라 손질했다. 그걸 삶거나 구워 먹기도 하고, 국에도 넣고, 채 썰어 볶기도 하고, 강판에 갈아 감자전도 부쳐 먹고, 깍뚝썰기해 조림을 해서 먹기도 한다. 그야말로 감자의 시대가 열린 것이다. 햇감자는 껍질도 얇고 맛도 훨씬 부드러워서 어떻게 먹어도 맛있고 자주 먹어도 물리지 않는다. 남녀노소 누구에게라도 살갑게 다가가 안기는 그런 서글서글함이 있다.

특별히 나와 우리 가족이 사랑해 마지않는 감자 요리가 있으니 그건 바로 감자범벅! 상처 난 감자, 못생긴 감자…… 그 어떤 감자로 해도 좋지만 알이 작은 감자를 골라 하면 동그란 감자알이 살아있어 더 맛있다. 만드는 방법도 아주 간단하다. 먼저 감자를 껍질째 깨끗이 씻어 냄비에 넣는다. 그런 다음 감자알이 잠길락 말락 하게 물을 붓고 소금과 설탕으로 약하게 간을 하여 끓인다. 감자가 푹 익을 때까지 끓이다가 다 익으면 뚜껑을 열고 숟가락으로 까불면 감자 분이 나오면서 물기가 완전히 사라지는데 그때 불을 끄면 된다. (숟가락으로 까불 때 들기름을 조금 넣으면 고소함이 배가되어 금상첨화!)

내가 감자범벅을 하고 있으면 아이들은 냄새를 맡고 달려들어 호들갑을 떨고는 한다.

"엄마, 감자범벅 다 됐어?"

"다 됐긴 한데 아직 뜨거워. 식으면 먹자."

"괜찮아. 뜨거울 때 호~ 불어 먹어야 더 맛있단 말이야."

아이들 성화에 할 수 없이 뜨거운 채로 접시에 내어놓으면 호호 불어 먹는 모습이 얼마나 예쁜지…… 알감자처럼 작고 실한 내 새끼들이 먹고살겠다고 집중하는 모습에 저절로 웃음이 번진다. 또한 자식 입에 들어가는 음식이 내 입에 들어가는 것마냥 배불러 하고 있는 나를 보며 알감자의 엄마인 씨감자를 떠올린다. 새끼 감자들에게 자기 몸을 밥으로 다 내어주고 녹아버린 씨감자 말이다. (감자를 캘 때마다 몰캉몰캉 온몸이 녹아 있거나 이미 껍질만 남기고 사라져버린 씨감자를 보면 울컥해지곤 한다. 왜? 내 엄마 같고 엄마로 살고 있는 나 같아서……) 씨감자가 남 같지 않아서 알감자범벅을 먹으며 소리 없이 말을 건네본다.

씨감자야, 이제 난 네 마음 안다. 새끼들 먹여 살리느라 얼마나 고생이 많았니? 그래도 괜찮지? 네 한 몸에서 다른 생명들이 몽글몽글 피어나는 기적을 살았잖니? 잘난 자식은 잘나서 못난 자식은 못나서…… 그렇게 하나같이 귀한 생명을 말이야. 고맙다. 네 덕에 우리가 산다. 나 또한 기꺼이 네가 될래. 내 몸 내 마음 아낌없이 다 내어줄래. 그것이 바로 내가, 그리고 우리가 살아가는 이유니까.

맷돌 선생께 감사하며,
통밀 과자

 다울이를 초등학교에 보내지 않
는다는 이유로 참 많은 일을 겪었다. 면사무소에서 복지과 직원
및 면장님의 방문이 몇 차례 있었고, 학교에서 교장 교감 선생
님 이하 여러 선생님들도 찾아오셨으며, 심지어 (오지랖 대마왕
이웃 아저씨의 신고로) 아동 학대 조사 기관에서도 불시점검이
나왔다. 그때마다 나는 아이를 학교에 보내지 않는다고 해서 방
임을 하거나 학대를 하는 것은 아니라는 것을 보여주며 나의 교
육관을 설명해야 했다.

"도토리 한 알에는 이미 나무로 자라날 모든 정보가 입력되
어 있잖아요. 그건 누가 가르쳐서 되는 게 아니라 그냥 저절로

되는 것이고, 아이들에게도 그와 같은 힘이 있다고 생각해요. 학교를 다니고 안 다니고가 중요한 게 아니라 오늘 하루 잘 살고 잘 놀다 보면 스스로 제 길을 찾아가리라 믿는 거죠. 저희 가족이 지금 처한 상황에서는 학교에 가지 않는 게 좀 더 자연스러운 방향이라 여겨지고요, 다울이의 교육만을 따로 떼놓고 바라보는 게 아니라 어떻게 하면 함께 배울 수 있을까 고민하면서 살아보려고요."

그동안 특별한 교육관을 가졌던 건 아니지만 내 입에서는 이런 식의 말이 술술 흘러나왔다. 아무 말도 못하거나 어영부영 둘러대면 그들은 나를 못미더워할 것이 분명하기에, 나름 확신에 찬 어조로 소신 있게 내 의사를 표현했던 것이다. (물론 그동안 아이들과 함께 지내며 내가 느껴왔던 것들이 있기에 흔들림 없이 말할 수 있었던 것이기도 하다.)

그리하여 정말 어렵사리 다울이의 '정원 외 관리'(학적은 학교에 두되 홈스쿨링을 인정해 주는 것)가 허락 및 인정되었다. 여러 사람들을 상대하며 아이와 내 입장을 설명해야 했던 지난 시간들이 드디어 막을 내린 것이다. 야호, 끝났다.

하지만 끝이 아니라 그때부터가 시작이었다.

"다울아, 1부터 100까지 숫자 쓰기 다 했니? 할 일부터 해놓고 놀아라. 점심 먹기 전까진 다 마치기로 했잖아."

"……"(한참 동안 들은 척 만 척 놀고만 있다.)

"할 일은 해놓고 놀아야지. 네가 먼저 숫자 공부 하고 싶다고 해서 시작한 일이잖아. 엄마는 점심 준비 다 됐거든. 이제 밥 차릴 건데 네가 할 일을 마치지 않으면 넌 밥 못 먹는다."

"엄마 진짜 나빠."(눈을 부릅뜨고 짜증을 내며 억지로 공책을 펼친다.)

"엄마가 왜 나빠? 약속은 약속이잖아. 너 이런 식으로 할 거면 당장 학교 가. 집에서 스스로 배우겠다고 하고선 이게 뭐야? 아무것도 배우지 않고 네 맘대로 살려고 학교 안 간 거였어? 그럴 거면 학교 다녀. 엄마가 지금 선생님한테 전화할 거야."

"싫어! 안 갈 거라고!"

이런 식의 다툼이 잦아졌다. 다울이도 나도 너무 괴로운 시간이었다. 공갈 협박용 빈말이 아니라 정말 학교에 보내야 하는 건 아닌가 싶고, 앞으로 어떻게 지내야 하는지 교육이란 무엇인지 별별 생각이 다 들었다.

그러한 때 신랑이 다울이에게 말했다.

"공부하기 싫지? 잘됐다. 그럼 공부 대신 일해라. 숫자 공부 대신 여기 있는 쌀에서 뉘(겉껍질이 안 벗겨진 쌀) 백 개만 골라라."

(신이 나서) "알았어!"

처음엔 쉬운 줄 알고 달려든 다울이는 이내 나가떨어졌다.

"뉘 고르는 건 너무 어려워. 다른 일 할 거야."

"그래? 그럼 아빠랑 같이 맷돌 돌릴래? 이것(큰 대접에 수북이 담긴 통밀)만 다 돌리면 돼."

"좋아."

그렇게 해서 2인 1조 맷돌 돌리기 공부가 시작되었다. 눈으로 스윽 봐선 힘 하나 안 들고 재미있을 것 같지만 해보면 구슬땀이 송송 맺히는 공부. 아빠랑 박자를 맞추어가면서 일을 하니 쉽게 그만둘 수 없는지 다울이는 꼼짝 없이 그 자리에 잡혀 아빠의 얘기를 들었다.

"다울아, 바다 속에 소금 가는 큰 맷돌 있는 거 알아?"

"응, 옛날이야기에서 들었어."

"물고기들이 쉬지 않고 맷돌을 돌려서 바닷물이 짠 거야. 물고기는 짠물에서만 살 수 있으니까 날마다 돌리고 또 돌리고…… 끝없이 돌리는 거지. 힘들다고 안 돌리면 어떻게 되겠냐?"

"죽어."

"그래, 그런 거야. 사는 동안 일은 끝이 없어. 하지만 힘들기만 한 건 아니잖아. 재미도 있어. 어떠냐, 맷돌 돌리는 것도 재밌지?"

(마지못해서) "으응."

"재밌으면 노래도 불러가면서 하자. 돌아라 돌아라 맷돌아……"

다울이는 힘이 들어 노래가 나오지 않는 모양이었다. 그 대신 구경꾼인 나와 다랑이가 노래를 부르며 추임새를 넣어주었다.

"우와, 다울이 잘하네. 다울이가 간 밀가루로 내일 과자 만들어줘야겠다. 맷돌아 돌아라 돌아라 돌아라. 다울이도 돌고 맷돌도 도네……"

그렇게 한 시간 정도를 돌리고 돌렸을까? 마침내 한 그릇 밀알들이 고운 가루로 다 빻아졌다. 가장 기뻐한 이는 역시 다울이!

"와! 벌써 끝났네. 참 신기하다. 밀이 언제 없어지나만 생각할 때는 안 없어지더니 아무 생각도 없이 돌리다 보니까 벌써 없어졌어."

"그래, 그런 거야. 한 걸음 한 걸음 걸어서 먼 길을 언제 다 가나 싶어도 꾸준히 걷다 보면 금세 목적지에 다다르는 거야. 그나저나 다울이 덕분에 밀가루가 많아졌네. 내일은 이 밀가루로 과자 만들어 먹자!"

다음날 나는 약속대로 과자를 만들었다. 다울이가 간 (밀기울

섞인) 밀가루에 발효종과 코코아가루, 소금, 설탕, 두유, 기름 약간 넣고 반죽하는 것까지를 나 혼자 하고, 그걸 밀대로 밀어 모양틀에 찍는 일은 아이들과 함께 했다. 그리하여 오랜만에 과자를 만들어 구워놨더니 아주 맛나게들 먹는다. 동물 인형 친구들까지 다 불러다 놓고 둘러앉아 오도독오도독 씹으면서 말이다. 과자를 먹으며 내가 물었다.

"다울아, 오늘은 공부할래? 일할래?"

"일…… 아니 공부!"

"왜? 맷돌 돌리는 거 재밌다면서."

"재밌긴 한데 공부가 더 쉬워."

그러더니 그날 이후로 아무 말 없이 스스로 공부를 한다. 어떤 날은 새벽에 눈을 뜨자마자 책상 앞으로 달려가 제 몫의 공부를 해서 나를 깜짝 놀래키기도 한다. 맷돌 돌리기 공부가 뭔가를 가르쳐주긴 가르쳐준 모양인데……

이게 다 맷돌 선생 덕분이다. 앞으로도 잘 모시고 살아야지.

모유와 분유 사이에서,
아가죽

　　세상에 쉬운 일이 하나도 없다
는 건 진작 알고 있었지만 젖 먹이는 일이 이렇게 어려울 줄이
야. 날마다 콩물을 내어 먹고, 미역국을 밤낮없이 먹고, 한약까
지 지어 먹어도 젖 나오는 게 시원치 않았다. 심지어 가슴 마사
지해 주시는 분을 모셔서 몇 차례 마사지까지 받았지만 크게 효
과가 없었다. 마사지로 유선을 자극해서 젖이 잘 돈다 싶어도 다
나가 제대로 빨지를 않으니 다시 원상태가 되고, 젖이 잘 나오
지 않으니 더 빨지 못하게 되고…… 그런 악순환이 거듭되었다.

　　태어난 지 두 달 가까이 되어서야 태어날 때 몸무게를 겨우
회복하게 된 다나를 보고 마사지 이모가 말했다.

"자기야, 일단 아기가 힘이 있어야 하니까 분유라도 많이 먹여. 아기가 제대로 힘차게 빨지 않으면 젖이 늘 수가 없어."

"분유를 먹이긴 먹이는데 숟가락으로 떠먹여서 그런가 잘 받아먹지를 않네요."

"젖병에다 먹이지 왜?"

"안 그래도 젖 빨기를 힘들어하는데 젖병에 길들면 아예 젖을 안 빨까봐서요."

마사지 이모뿐 아니라 모든 사람이 젖병으로 먹여야 아기가 분유를 잘 받아먹을 거라 말했지만 나는 그때마다 이런 식으로 답했다. 모유도 먹고 분유도 먹으며(젖도 빨고 젖병도 빨며) 잘 크는 아이도 많다고 하지만 모유와 분유 사이에서 결국 모유를 포기하게 된 사례가 훨씬 많기에 나는 그것이 두려웠다. 말하자면 숟가락으로 분유 떠먹이기는 내가 모유 먹이기를 지속하기 위한 마지노선이었다고나 할까?

하지만 꿋꿋하게 버티기엔 심적 부담감이 너무 컸다. 아기 많이 컸냐는 물음 앞에서 언제나 죄인이 된 듯 작아져야만 했으니까. 어떤 날은 다나가 젖을 잘 빨고 젖도 잘 돌다가도, 어떤 날은 젖줄이 꽉 막힌 듯이 젖이 돌지 않아 '그냥 젖병에 분유 먹여 편하게 키우자. 나도 고생, 애도 고생…… 이게 뭐냐? 괜한 고집 피우지 말고 내려놓자' 싶은 마음이 들었다.

그러다가 다나가 태어난 지 딱 90일째 되던 날 오후, 땀을 뻘뻘 흘리며 젖 먹인다고 용을 쓰다가 뭐에 홀린 듯이 젖병을 꺼내 들고 거기에 분유를 탔다. '나도 할 만큼 했어. 이젠 정말 지쳤어' 하면서. 그랬더니 다나는 기다렸다는 듯이 반기며 젖병을 잘도 빠는 거다. 숟가락으로 분유를 떠먹일 때는 하루에 분유 100밀리리터 먹이기도 쉽지 않은데 젖병에 주니 한 번에 80밀리리터를 거뜬히 먹었다. 이렇게 분유를 잘 먹는 아이였다니! 그동안 다나가 분유를 싫어하는지도 모른다 생각하던 터라 난 너무 깜짝 놀랐다. 게다가 다나는 젖병을 빨며 너무나 편안한 자세를 취했다. 그런 다나를 보며 난 스스로를 위로했다. '잘한 결정이야. 이제 포동포동 살이 오를 일만 남았어.'

그런데 예상했던 대로 젖병을 빨자마자 다나는 젖을 거부했다. 젖병을 빨더라도 젖을 잘 빨기를 애타게 바랐지만 젖을 물리려고 하면 한번 빨아보지도 않고 울어댔다. 마치 엄마 젖에 한이라도 맺혔다는 듯이 말이다.

'그렇다면 이제 모유 수유는 물 건너간 건가? 이제 우린 건널 수 없는 강을 건너고야 만 건가?'

그렇게 생각하니 다나와 나 사이에 이어져 있던 질긴 끈이 하나 뚝 끊어진 것 같은 느낌이 들면서 말도 못하게 서글펐다. 젖이 불어도 다나가 젖을 빨아볼 생각조차 하지 않으니 그걸 짜내서 젖병에 담아 다나에게 물려야 했는데, 기분이 참 묘했다. 아무리 힘들었어도 그렇지 지난 석 달 동안 물고 빨던 젖을 이렇게 쉽게 내동댕이치다니…… 아주 오랜만에 미역국 없이 밥을 먹으며 내가 밥을 먹어야 하는 이유마저 잃은 것 같아 몹시 허전했다.

그렇게 이틀을 보냈을까? 그 이틀 동안 온갖 모유 수유 성공담을 찾아 읽으며 다시 젖을 물리기로 결심했다. 나보다 더한 상황에서도 모유 수유를 포기하지 않은 엄마들의 경험이 내게 자신감을 북돋워주었다. 또한 분유 말고 다른 선택을 할 수도 있는데 내가 왜 굳이 분유에만 사로잡혀 있나 싶어 이유식을 일찍 시작하기로 했다.

다행히 우리 집은 농사꾼의 집, 곡식이야 널리고 널렸다. 당장 집에 있는 온갖 곡식(현미, 찹쌀현미, 흑미, 콩, 수수, 귀리, 보리, 밀 등)과 말린 밤을 씻고 말려서 곱게 가루를 내 만반의 준비를 해두고 다음날 아침 날이 밝자마자 그것으로 죽을 쒔다. 일명 아가죽.

"다나야, 엄마가 이랬다저랬다 해서 미안한데 엄마는 너한테 젖을 꼭 먹이고 싶어. 엄마 젖이 모자라면 땅 엄마가 주신 젖으로 채우면서 그렇게 한번 해보자. 오늘부터 젖병 없으니까 배고 프면 젖을 빨거나 죽을 먹거나 둘 중 하나야. 처음엔 괴롭겠지만 우린 할 수 있을 거야."

내가 흔들리면 다나도 더 힘들어할 것 같아서 아예 못을 박고 시작했다. 그랬더니 오전에는 아가죽을 꽤 많이 받아먹고 오후 에는 다시 젖을 빨기 시작했다. 그 뒤로도 2~3일 동안은 다나가 혼란스러워하긴 했지만 결국은 예전처럼 다시 젖을 빨게 되었 다. 끝이라고 생각했는데 끝이 아니라서 얼마나 다행스러운 일 인지! 나는 신이 나서 소리라도 지르고 싶었다.

그렇게 극적으로 모유 먹이는 (고생 속의) 기쁨을 되찾았다. 또한 신기하게도 100일 이후부터는 다나 먹을 만큼은 젖 양이 맞춰지는 것 같다. '모자라면 어떠냐? 나오면 나오는 대로 먹고 모자란 양은 아가죽으로 채우면 되지.' 이렇게 생각하니 마음이 한결 가벼워서 그런가? 아무튼 다나는 몸무게가 부쩍부쩍 늘진 않아도 잘 먹고 잘 싸며 무탈하게 자라고 있고 죽도 젖도 잘 먹 는다. 분유와 모유는 양립이 어렵지만 아가죽과 젖은 그렇지가 않으니 참으로 놀라운 일!

내가 다 먹여 살리지 못해도 땅 엄마가 대신 먹여 살려주실 테니 아무 걱정 없다. 아가죽아, 앞으로도 다나를 잘 부탁한다.

3

쌀밥 먹는 개 보들이,
논을 지키다

우리 집 개는 쌀밥을 먹고 산다.
개가 쌀밥을 먹는 게 뭐 그리 대단한 일이냐고? 개는 원래 '잔반
처리'라는 임무를 충실히 수행하는 식구가 아니더냐고? 맞다. 문
제는 우리 집엔 '잔반'(남는 음식)이 거의 없다는 거다. 밥이나 반
찬은 물론 찌개나 국물 음식마저도 남김없이 싹싹 비우는 게 습
관이 되어 있어 개 줄 것이 없다. 기껏해야 남은 김치 국물이나
다시물 내고 건져낸 멸치 정도가 전부다.

그러니 개 주려고 밥을 따로 하는 형편이다. 개밥용 쌀(서울
친정서 공수해 온 묵은 현미, 특별히 주문한 싸래기 쌀)을 씻어서 거기
에 B급 콩이나 팥을 섞고 개밥 전용 압력솥에 넣고 바깥 화덕

에서 밥을 한다. 날마다 개밥을 할 수는 없는 노릇이라 한 솥 가득 밥을 지어놓고 며칠에 걸쳐 나누어 먹인다. (여름철엔 밥이 쉽게 상하니까 하루 분량씩 나누어 담아 냉동실에 얼렸다가 그걸 꺼내어 준다.)

마을 사람들은 값싸고 영양 만점인 개 사료를 두고 왜 성가시게 개밥을 따로 하느냐고 한마디씩 한다. 빼빼 마른 우리 집 개가 안쓰러워 개밥 그릇에 개 사료를 부어주고 가는 분도 있고, 술 취해 찾아와 동물 학대하지 말라고 충고하는 분도 있다.

그럼에도 고집스럽게 개 사료를 먹이지 않는 까닭은 개똥도 결국 거름이 되기 때문이다. 잘은 몰라도 개 사료에는 출신 성분을 알 수 없는 온갖 것들이 뒤범벅이 되어 있을 터, 그걸 먹고 눈 똥도 결국 땅을 오염시키지 않겠는가? 뼛속 깊이 자연농인 우리 신랑은 그걸 용납할 수가 없는 모양이다. 솔직히 말해서 나는 그런 부분에 있어서는 적당히 타협하고 넘어가고도 싶은데, 신랑은 그럴 거면 왜 농약 안 치고 비료 없이 농사짓느냐며, 우리가 짓는 농사가 결국은 땅을 돌보는 일에 달렸는데 어떻게 개똥 하나 허투로 볼 수 있겠느냐고 한다. (들어보면 정말 맞는 말이라 나는 그 앞에서 깨갱 꼬리를 내릴 수밖에 없다.)

그리하여 우리 집 개는 쌀밥을 주식으로, 다랑이 똥을 간식으로 먹고산다. 그것도 밥그릇에 구멍이 날 정도로 게걸스럽게, 밥 가져다주면 좋아서 난동을 부리면서 말이다.

그런데 말이다. 나는 개가 밥 좋아하는 게 당연한 건 줄 알았는데 언젠가 우리 집 개가 밥 먹는 모습을 보고 마을 할머니 한 분이 그런다.

"이 집 개는 밥을 맛나게 잘 먹는다야. 우리 개는 괴깃국이나 되믄 모를까 밥은 끓여주믄 쳐다보도 안 혀. 사료가 입맛을 베려놓는갑써."

그 얘길 들으니 개 사료는 일종의 인스턴트 식품 같은 게 아닌가 하는 생각이 든다. 사람도 인스턴트 음식에 길이 들면 밥맛을 잃어버리는 것처럼 개 또한 마찬가지란 거다.

그러니 사료 먹고 피둥피둥 살이 찐 개가 보들이 앞에서 덩치를 자랑한다고 해도 그 앞에서 기죽을 일이 없다. 빼빼 말랐어도 쌀밥 먹고 사는 보들이가 안으로는 훨씬 실할 거라 믿는다.

실제로 보들이는 똥개답지 않게 영특한 구석이 있다. 쥐도 잘 잡고, 구덩이를 파서 자기 똥을 구덩이에 묻기도 한다. 강아지일 때 산에 데려갔다가 잃어버린 일이 있는데 찾다 찾다 못 찾고 집에 와보니 어느새 집에 돌아와 꼬리를 흔들고 있었다. 원래 개들이 다 그런지도 모르겠지만, 난 개에게도 견품犬品이라는 게 있다면 보들이는 견품이 썩 훌륭한 개일 거라 생각한다.

왜 이렇게 보들이를 띄워주냐고? 자식 자랑도 아니고 개 자랑을 늘어놓는 꿍꿍이가 무어냐고? 헤헤, 사실은 말이다, 요즘 보들이가 밥값을 톡톡히 하고 있어서 존재감이 높아졌다. 논에 파견되어 멧돼지로부터 논을 지키는 파수꾼 역할을 충실히 수행하고 있는 것이다. 해마다 이삭 패고 나면 멧돼지들이 내려와 우리 논을 놀이터삼아 놀다 가곤 하는데, 보들이가 논을 지키고 있으니 올해는 피해가 훨씬 덜하다. (보들이를 논에 묶어둔 뒤로 멧돼지가 딱 한 번 내려왔다. 개 묶어놔도 소용없다고 하는데 그래도 아직까지는 보들이 덕을 보고 있다.)

며칠 전에 아이들과 논으로 산책을 갔다가 꼬리를 흔들며 짖어대는 보들이를 보니 어찌나 반갑고 든든하던지! 갖가지 이삭에 벼꽃까지 피어 매혹적으로 넘실대는 논 앞에서 보들이를 바라보며 아이들과 나는 〈쌀 한 톨의 무게〉라는 노래를 불러주었다. 나락의 안녕을 기원하며, 보들이의 수고에 고마워하며……

오늘도 늠름하게 짖어대며 논을 지키고 있을 보들아, 수고가 많다. 다음엔 쌀밥에 생선뼈라도 얹어서 위문 공연 갈게. 밥값 제대로 해줘서 고맙다.

내 송편엔
무언가 특별한 게 있다

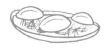 부엌데기 아줌마들에게 명절은
고난의 십자가다. 집 안 구석구석을 쓸고 닦아야지, 음식 장만해
야지, 상 차려야지, 어려운 손님을 맞거나 또는 인사를 다녀야
지…… 사람마다 다르겠지만 내 경우에는 일상에서 짊어지는 무
게의 세 배 정도는 더 힘이 드는 것 같다. 특히 결혼 초에는 (지
금보다 하는 일은 적었는데도) 세 배 정도가 아니라 열 배는 더
힘들게 느껴졌다. 그땐 명절의 의미와 가치를 제대로 몰라 내가
힘든 게 그냥 개고생이라고만 여겨졌기 때문일 것이다. (나 힘든
걸 몰라주는 신랑이 얄미워서 싸우기도 많이 싸웠다.)

하지만 언제부터인가 마음을 고쳐먹고 나니 명절이 새롭게

보이기 시작했다. 한 인간의 능력이 그가 얼마나 많은 사람을 먹여 살릴 수 있는가에 달려 있다면, 진정한 부엌데기로 거듭나 살고자 한다면 명절이야말로 내 부엌데기 근육을 키우는 절호의 기회라 여겨지기 때문이다.

특히 평소 잘 안 쓰던 근육을 쓴다는 점에서 그렇다. 청소를 하더라도 얼렁뚱땅 대충 치우고 말았다면 명절을 계기로 안 치우던 데까지 구석구석 치울 수가 있다. 안 쓰는 이불까지 다 꺼내어 깨끗이 빨고, 잘 안 해먹던 음식에 도전을 한다. 비린내 나는 생선, 기름진 전, 해먹기 번거로운 묵나물…… 떡도 빚어 먹으면 손이 많이 가니까 잘 안 하게 되는데 추석엔 마음먹고 송편을 빚는다. 아이들은 송편 빚을 날을 손꼽아 기다리고, 나는 이번엔 어떤 송편을 빚을까 설렘을 안고 궁리를 한다.

내가 주도해서 도전한 첫 송편은 다랑이 한 살 때 빚은 송편인데, 그땐 멋모르고 모시 잎 송편을 해먹겠다고 달려들었다. 우리 마을엔 모시 잎이 귀해서 앞집 할머니를 따라 산 깊숙한 데까지 올라가 모시 잎을 따야 했는데, 지금 생각하면 참 겁도 없었지 싶다. 그깟 모시 잎이 뭐라고 애 둘을 업고 끌고 내 키만큼이나 우거진 수풀을 헤치고 후미진 산골짜기까지 들어갔나? 그렇게 마련한 모시 잎을 꽁꽁 절구에 찧어 쌀가루 반죽에 넣고 치대어, 찐 동부를 고물로 넣어 송편을 빚었더랬다. 고생은 많이 했으나 고물이 설컹거려서 떡 맛을 망치고 만 내 첫 송편. 그래도 집에 온 손님도 싸주고 나름 보람이 있었다.

그 다음해엔 밤이 넉넉했던지라 밤을 소로 넣은 고급 송편을 빚어 먹을 수 있었고, 지난해엔 아이들 좋아하는 깨고물로 조금 더 능숙해진 솜씨의 송편을 빚었다. 올해는 네 번째인데 젖먹이 다나까지 데리고 송편까지 빚을 수 있으려나 고민이 되었다. '그냥 생협에서 송편을 한 봉지 살까? 사 먹는 게 모양도 곱고 맛도 더 좋을 텐데……'

하지만 그럴 수 없었다. 달이 두둥실 차오르기를 기다리며 아이들이 정말 간절하게 송편 만드는 날을 손꼽아 기다렸기 때문이다. 그래서 은근슬쩍 신랑에게 "송편 빚으려면 쌀가루를 빻아 와야 할 텐데……" 하고 말했더니 신랑이 아이들을 다 데리고 쌀가루를 빻으러 다녀오자고 했다. 명절맞이 장도 보고, 쌀가루도 빻고, 거기에다 독서의 달 행사로 도서관에서 하는 인형극도 관람하기로 했다. 그야말로 추석맞이 나들이 삼종 세트!

다나 태어난 뒤로 처음으로 온 가족이 함께 걸어 나가는 나들이 길이었다. 다랑이는 좋아서 펄쩍펄쩍 뛰며 '친구빠빵'이라 불리는 꼬마 자동차에 앉고, 다울이도 요새 한창 재미를 붙인 씽

씽이를 타고 앞장을 섰다. 나는 아기 띠를 두르고 다나를 안았는데 이 작은 아가씨까지도 들뜬 기색이 역력했다. 하긴 때는 바야흐로 가을! 앞에 뒤에 옆에 온통 오곡백과가 무르익는 아름다운 풍경이 펼쳐지니 절로 감탄사가 나온다. 나도 이런데 아이들이야 말해 무엇하랴.

"엄마, 다나는 이빨 없어서 떡 못 먹어? 이빨 생기면 내가 다나한테 떡 줄 거야."

"다랑이가 다나 떡 만들어주려고? 우와, 엄마도 먹고 싶다."

"엄마도 줄 거야. 형아랑 아빠도 줄 거야."

먹보 다랑이는 나들이 나설 때부터 떡 노래를 부르며 신나게 발을 굴렀다. 다울이는 떡보다 도서관에서 빌려 올 만화책 생각에 씽씽 달렸다. 그러니 다나를 안고 걷는 나보다 한참을 앞서나간다. 어느새 아이들이 저만치 커서 나를 앞서가는구나 싶으니 얼마나 감개무량하던지……

남들이 보면 안쓰러울 만한 상황일지도 모른다. 추석에 송편 좀 빚어 먹겠다고 애 셋을 데리고 10리를 걸어 나가 한 시간이나 버스를 탄다고 하면 왜 그렇게 궁상맞게 사느냐고 혀를 찰 게 뻔하다. 쌀가루용 쌀을 준비하려고 저녁마다 쌀에서 뉘를 고르고 전날 밤에 깨끗이 씻어서 조리로 일었다가 물에 하룻밤 불린 이야기까지 하면 너무 한심해서 한숨까지 푹 내쉬리라.

하지만 그런들 어떠하리오. 우리에겐 쌀가루를 빻으러 가는 나들이가 그저 신나는 여행인 것을…… 그렇다, 여행! 그냥 돈 쓰러 가고 먹고 놀기 위해 가는 여행이 아니라 주제가 있는 여행이다. 일명 쌀가루를 빻으러 가는 여행! 이 여행길에서 주워 담은 이야기는 고스란히 우리가 빚는 송편과 함께 담길 것이다. 그러니 어찌 돈 주고 사 먹는 송편에 비할 수가 있겠는가? 모양이 어수룩하고 맛도 어설프지만 그래도 그 어떤 송편과도 바꿀 수 없는 송편!

포도즙을 내어 쌀가루를 물들이고, 검은깨를 빻아 설탕과 버무려 준비한 소로 추석 전날 늦은 밤까지 송편을 빚으며 나는 쌀가루를 빻으러 나가던 그 길을 떠올렸다. 앞서가는 신랑과 아이들을 흐뭇하게 바라보며 뒤따르던 그 가을 길…… 이렇게 해서 나의 네 번째 송편은 또 그 나름의 이야기를 남기게 되었다.

만만해서 고마운 나무, 감나무

　　　　　　　　　　　또 비다. 지난여름 그렇게 기다려도 안 오던 비가 수확철이 되자 장맛비처럼 내리고 있다. 땅콩도 널어 말려야 하고, 수수랑 기장도 바싹 말려 보관해야 하는데, 논에 나락도 베서 털어야 하는데……

　올해는 변화무쌍한 날씨 앞에서 속수무책으로 애만 태우는 일이 잦다. '기후 변화 위기'가 이렇게 실감 나는 현실이 되고 말 줄이야. 지금 당장 먹을 것이 없어 배를 주린 상황은 아니지만 이대로 가다가는 식량난이 결코 남의 일이 아니게 될 것 같아 불안하고, 불안은 벌레처럼 스멀스멀 내 속을 갉아먹으려 한다.

그래서일까, 들판에 벌레가 극성이다. 우리 밭이야 원래 벌레들의 낙원이었으니 말할 것도 없고, 독한 약을 뿌리는 마을 사람들 밭도 벌레 피해가 심각하다. 벌레가 얼마나 지독한지 약을 몇 번이나 뿌려도 소용이 없단다. 농사를 귀신처럼 짓는 수봉 할머니마저도 "저것 좀 봐. 도라지 이파리가 한나도 없어. 살다 살다 첨이랑께" 하며 허탈하게 웃으셨다. 봄부터 여름까지 도라지 밭 풀 매느라 비지땀을 흘리시는 걸 곁에서 지켜봐 온 나로서는 할머니가 아직 웃을 수 있다는 사실이 놀라웠다. 나라면 저 상황에서 웃을 수 있을까?

솔직히 나는 여러모로 속이 상했다. 해마다 산에 밤이 얼마나 많은지 겨울에 먹을 것까지 모아서 저장해 둘 정도였는데, 올해는 얼마 줍지 못했다. 아이들과 비 그치는 틈을 타서 부지런히 밤을 주우러 다녔지만 우리보다 더 부지런한 다람쥐나 멧돼지에게 선수를 빼앗기기 일쑤였고, 그나마 주운 것도 벌레 먹은 것이 대부분이었다.

그뿐인가, 감에도 벌레가 들어 일찍 홍시가 되어 떨어져버리는 것들이 많다. 다른 과일나무에 비해 감나무는 약을 안 치고 농사지어도 큰 탈이 없다 했는데 얄궂은 날씨 앞에서는 별다른 도리가 없는 것일까?

땅에 떨어져 곤죽이 되어버리는 감을 보며 올해는 감 맛도 제대로 못 보는 게 아닌가 걱정했는데 다행히 아직도 감나무엔 감이 많이 달려 있다. 골목 바로 옆 담장 가에 있는 키가 아주 큰 홍시 감나무. 키가 너무 커서 감을 따려면 사다리로도 어림없어 신랑이 사다리를 타고 나무 위에 올라가 공중 곡예를 하듯이 감을 따는 묘기를 선보이고는 한다. 가느다란 감나무 가지에 올라타 아스라이 기대어 선 채로 빛나는 감을 향해 작대기를 겨누면서. 지켜보는 내가 아찔할 정도로 위험천만해 보이는데 신랑은 아무렇지 않은 얼굴로 다섯 해째 감을 따오고 있다. 한 나무에서 200~300개는 거뜬히 따니 홍시 실컷 먹고 곶감 깎아서 겨우내 먹고 감식초 담그고…… 얼마나 고마운지 모른다.

모처럼 비구름이 걷히고 해가 쨍쨍 눈부신 날, 점심을 먹자마자 온 가족이 감을 따러 나갔다. 다랑이는 다나 유모차를 밀어주며 아기 돌보미 역할을 하고, 신랑은 나무에 올라가 감을 딴다. 그러면 다울이와 내가 감나무 아래에 나락망을 펼치고 서서 떨어지는 감을 잡는 거다. 감이 안전하게 사뿐히 떨어질 때마다 깔깔거리며 웃어대는 아이들 웃음소리가 온 마을에 울려 퍼진다. 한편 어쩌다 감이 나락망 밖으로 떨어져서 묵사발이 되면 얼마나 아팠을까 애처로운 마음에 안타까움이 섞인 탄식을 내지른다. 그러니 감 구출 작전을 펼치는 구조대원과도 다름없는 모양새다.

마침내 우리의 조마조마한 숨길 속에서 커다란 바구니로 한가득 감이 쌓였다. 에고 힘들어 소리가 절로 나온다. 나락망을 계속해서 높이 들어 올리고 있었더니 어깨가 아프고, 감나무를 올려다보느라 고개가 끊어질 것 같아 감 따기 작업 종료. 이제 남은 일은 감을 잘 손질해서 안전하게 모셔두기다.

신랑은 추수를 위해 바쁘게 논으로 사라지고 다랑이는 여전히 다나를 돌보는 책무를 다하고, 다울이와 내가 2인 1조가 되어 뒷일을 맡았다. 내가 전지가위로 감 꼭지를 잘라 손질해 두면 다울이가 그걸 사랑방에 옮겨서 예쁘게 세워놓는 건데 다울이의 활약이 눈부셨다. 올 초까지만 해도 일하다 힘들거나 지겨우면 꽁무니를 빼고 달아났던 녀석이 웬일인지 콧노래까지 부른다. 감이 담긴 상자가 꽤 무거운데 번쩍 들어 올리며 힘자랑을 하기도 한다. (그러다 결국 엎어버리고 말았지만.)

다울이 덕분에 서둘러 일이 끝나고 내친김에 단감나무 앞으로 달려갔다. 사랑방 앞쪽에 있는 단감나무는 홍시나무에 비해 키가 그렇게 크지 않다. (만만한 높이 때문에 다울이가 올라타고 노는 단골 놀이터가 되고는 한다.) 그리고 특별히 거름을 주거나 하지 않았음에도 올해 많은 열매를 매달았다. 심심할 때마다 나무 아래로 가서 단감 하나 뚝 따 씻지도 않고 베어 먹으면 '아! 이 맛에 내가 살지' 하는 생각이 절로 드는 보물 같은 나무. 일부러 단감을 다 따지 않고 홍시 될 것같이 노래지는 것만 땄다.

그러면서 문득 이사 와서 두 번째 해 내가 신랑에게 단감나무를 베어버리자고 했던 일이 떠올랐다.

"단감나무 베어버립시다. 사랑방 앞 시야도 가리고, 밭에 그늘도 크게 드리우잖아요. 차라리 저 자리에 들마루를 하나 놓읍시다. 어차피 저 나무에서 열리는 단감은 맛도 없잖아요. 떫기만 떫고 싱겁고……"

"나무가 가림막이 되어주니 얼마나 좋아요. 더울 때 그늘도 되고…… 그리고 감이 맛없어서 불만이면 날마다 감나무한테 말을 걸어줘요. 맛있어져라 맛있어져라 그러면서……"

뜬금없는 소리라고 생각했는데 다음해부터 감은 정말 달고 맛있어졌다. 맛없으면 내가 베어버릴까 겁이 났던 것일까? 아님, 신랑이 날마다 맛있어져라 주문을 외웠을까? 아무튼 이제는 베어버렸으면 어쩔 뻔했나 가슴을 쓸어내리며 단감나무를 향해 사랑의 눈빛을 보내고 있다.

아, 고마운 감나무! 얼마나 오랜 세월 넉넉한 가을을 선물하며 이 자리를 지켰을까? 우여곡절 속에서도 홍시 먹을까 단감 먹을까 하는 행복한 고민 속에 가을이 익어간다.

김치가
최고야!

큰일 났다. 김치가 떨어졌다. 지난해 김장 김치는 봄에 이미 다 먹었고, 그동안 친정엄마가 담가서 보내주신 김치, 해남 외할머니네에서 가져온 김치, 앞집 할머니가 주신 김치 등을 먹어왔는데 드디어 동이 나고 만 것이다. 예년 같으면 지금쯤 배추나 무 솎은 걸로 새 김치를 담가 먹을 때인데, 벌레들의 대활약으로 쌈 싸 먹을 푸성귀마저 아끼고 있는 처지라 눈앞이 캄캄했다. 갑자기 밥상 한구석이 뻥 뚫려버린 허전함이랄까? 아니, 밥상을 지탱하던 다리 하나가 똑 부러져버린 느낌이랄까? 농사짓고 산 지 10년 남짓 됐는데 김칫거리 농사 하나 제대로 못 지어 김치를 떨어뜨리다니!

당황스러움과 아찔함에 멀리 있는 친정엄마를 그리워하기도 하고, 체면 불구하고 앞집 할머니한테 김치 동냥을 해볼까 생각도 했지만 이내 고개를 저었다.

'무 배추가 아니면 어떠랴. 들에 지천인 민들레 이파리나 왕고들빼기라도 뜯어서 김치를 담그자. 지금이야말로 입맛을 야생화할 수 있는 절호의 기회일지도 모른다.' 이런 생각으로 풀밭과 텃밭 사이에서 자기 정체성을 찾느라 애를 쓰고 있는 밭을 빙둘러보았다. 그때 고구마 밭이 눈에 들어왔다. 오, 저거다 저거!

여름내 가뭄으로 맥을 못 추다가 이제서야 왕성한 생명력을 자랑하며 탐스럽게 뻗어나가고 있는 고구마 줄기! 고구마 줄기로는 된장 넣고 새콤달콤하게 나물을 무쳐 먹어도 맛있지만 김치를 담가 먹으면 그 맛이 별미다. 고구마 줄기 껍질 벗기기가 성가셔서 그렇지 손질해서 김치 담그면 민들레나 왕고들빼기보다는 훨씬 쉽게 손이 갈 거다.

나는 친정엄마가 해주시던 고구마 줄기 김치 맛을 떠올리며 침을 꼴깍 삼켰다. 모름지기 음식이란 내가 먹고 싶어야 하게 되는 법, 나는 고구마 줄기를 벗겨내는 수고 정도는 무릅쓰겠다는 비장한 각오로 아이들을 불러 모았다.

"얘들아, 얼른 와라, 고구마 캐자!"

"고구마? 와, 신난다."

"나도 할래, 나도!"

'고구마'란 말에 마당에서 장군 놀이를 하던 다울이 다랑이가 번개처럼 달려왔다. 그리하여 셋이 같이 고구마를 네다섯 포기 캐고, 캘 때 뽑은 고구마 줄기 무더기를 마당 한가운데로 끌어왔다.

"이건 뭐하려고?"

"김치 담글 거야. 껍질 벗기는 게 번거로워서 엄마가 나물 반찬도 거의 안 해줬는데 사실 고구마 줄기가 엄청 맛있는 거야. 이걸로 김치 담그면 둘이 먹다 하나 죽어도 모른다고 하지. 엄마가 줄기 손질하는 법 가르쳐줄 테니까 여기 앉아서 같이 하자."

나는 다나를 품에 안은 채 바닥에 엉덩이를 깔고 앉아 고구마 줄기 껍질 벗기는 시범을 보여주었다. 승부욕이 강한 다울이를 자극하기 위해 "여기는 고구마 줄기 벗기기 대회장입니다. 어, 여기에 최연소 참가자가 있는데요, 예상 외로 엄청난 실력을 보여주고 있습니다. 한꺼번에 두 방향에서 껍질 벗기기, 정말 놀랍습니다. 가장 강력한 우승 후보가 되겠군요!"라는 식으로 생중계를 했더니, 아니나 다를까 다울이는 고구마 줄기 껍질 벗기기 삼매경에 빠지고 말았다. (다울이는 요즘 가사 도우미로서 눈부시게 성장하고 있다. 단 흥미를 유발하기 위해 이런 식으로 계략만 잘 쓴다면 말이다.)

한편 다울이의 맹활약과는 달리 옆에 앉아서 벗겨놓은 고구마 줄기를 생으로 날름날름 집어먹는 다랑이와 고구마 이파리를 잎에 넣고 물어뜯으며 노는 다나 덕분에(?) 정작 나는 줄기를 벗기는 일에 집중할 수가 없었다. 다울이가 혼자서 고군분투한다고 해도 벗겨야 할 고구마 줄기의 양은 쉽게 줄어들지 않으니 이를 어쩌나? 조바심과 (과연 다 할 수 있을까 하는) 의구심 속에서 어느새 날이 어두워지고 할 수 없이 다음날까지 작업을 연장해야 했다.

그렇게 해서 마침내 다 손질된 고구마 줄기 한 바가지. 그마저도 소금물에 살짝 데쳤더니 양이 확 줄어 만들어놓은 김치 양념이 많이 남았다. 이걸 어쩌나 걱정하다가 아는 분이 주신 얌빈(멕시코 감자라고 불리는데 무, 마, 배가 섞인 맛이 난다)으로 깍두기를 담갔다. 그래도 양념이 남아 민들레 김치를 담글까 하던 차에 앞집 할머니가 솎은 열무를 많이 갖다주셔서 그것으로 열무김치까지 담갔다. 그렇게 며칠 사이에 김치 풍년…… 덕분에 종종거리며 밥상을 준비하던 손길이 조금 한가해졌다. 맛깔스러운 김치만 있으면 다른 반찬 없다 해도 크게 손색이 없으니까.

한창 저녁 준비할 시간에 마당에서 아이들과 놀고 있는 나를 보고 앞집 할머니가 그러신다.

"저녁 준비는 다 했어?"

"밥은 낮에 해놨고요, 간단한 반찬 하나만 하면 돼요."

"김치 있응께 든든하제? 김치만 있으믄 걱정이 없어."

그 말씀에 손뼉은 물론 발뼉까지 치고 싶을 정도로 공감이 되었다. 정말 김치만 있으면 밥상 차리는 건 아무 일도 아니다. 며칠 안 가 또다시 김치 걱정에 시달리게 되겠지만 그래서 더욱 김치의 고마움이 사무친다. 무 배추가 아니어도 김칫거리로 손색이 없는 고구마 줄기 이하 각종 푸성귀와 그것을 다듬느라 애쓴 고사리손에게도⋯⋯

신랑이 밭에서 쪽파를 한 다발 뽑아왔으니 그걸로 내일은 파김치나 담가볼까나?!

마음을 녹여버린 그 남자에게, 아주 특별한 생일 케이크

나락 수확이 한창일 무렵, 우연히 장흥에 사는 지인이 올린 나락 수확 사진을 아이들과 함께 보게 되었다. 널따란 논에 열 명도 넘는 사람이 어우러져 함께 벼를 베는 사진이었다. 그걸 보자마자 다울이가 말했다.

"와, 사람들이 왜 이렇게 많아? 우리 아빤 혼자 다 하는데……
정말 탐난다."

여기서 탐난다는 건 정말 부럽다는 뜻이리라. 특히 올해는 신랑이 논에 나가 일을 할 때 다울이 혼자서 거의 날마다 오후 새참 배달을 다녔던 터라 혼자 일하는 아빠를 보며 느끼는 바가 많았던 모양이다. 언젠가 내가 새참 배달을 마치고 아주 늦게 집에 돌아온 다울이에게 늦게 온 까닭을 물었을 때도 이렇게 말했다.

"엄마, 아빠가 얼마나 일을 많이 한 줄 알아? 위에 있는 논은 나락을 거의 다 벴어. 혼자서 그걸 다 하느라 얼마나 힘들었겠어? 그걸 보니까 마음이 녹아내리는 것 같아서 아빠 도와주고 왔어."

"뭘 도왔는데?"

"호롱게(수동식 발타작기)로 나락 털 때 낟알이 안 떨어지고 붙어 있는 것도 있잖아. 아빠가 그거 추리라고 해서 추렸어."

"우와, 다울이가 군말 없이 아빠 일도 돕고…… 다 컸네 다 컸어."

내 칭찬에 나와 한자리에 있던 앞집 할머니도 다울이를 추켜세우며 물었다.

"아빠가 참 갖다중께 뭐라고 하디? '워따 고맙다' 하고 좋아하제?"

"아니요. 그냥 '저기 내려놓고 가' 했어요."

"잉? 고맙단 말도 안 하디야?"

"말은 안 했지만 나는 알아요. 마음속으로는 고맙다고 하는 거……"

그 말을 듣는 순간 눈앞에 영상이 하나 펼쳐졌다. 무뚝뚝한 표정으로 묵묵히 일만 하는 아빠, 수렁논에서 나락을 베고 그걸 일일이 지게로 져 옮기고 있다. 그때 여덟 살 아들이 새참 가방을 짊어지고 달려온다. 집에서 1킬로미터나 떨어진 논을 자전거로 달려온 터다. 아들이 "아빠, 간식 먹어!" 하고 소리치며 가방에서 간식 그릇을 꺼내 내밀지만 아빠는 아무런 표정 변화도 없이 "저기 내려놓고 가" 할 뿐이다. 그럼에도 아들은 아빠 곁을 떠나지 않는다. 아빠가 온통 진흙투성이가 되어 일하는 모습을 바라보며 그 곁을 지키다가 마침내 탈곡하는 아빠 곁에서 이삭을 주우며 아빠를 돕는다.

여기까지가 가슴 뭉클한 감동의 드라마라면 그 다음부터는 아마 쉴 없는 잔소리 영상이 펼쳐질 거다.

"야, 나락 밟지 말랬지!"

"낟알 흘리지 말고 주워 담아라."

"너 그렇게 장난치면서 할 거면 그냥 집에 가."

안 봐도 비디오다. 우리 신랑은 무뚝뚝한 아저씨일 뿐 아니라 잔소리 대마왕이기도 하니까. 하지만 중요한 것은 그럼에도 마음을 녹여버리는 재주가 있다는 거다. 다울이와 마찬가지로 나 역시도 신랑이 일하는 모습을 보면 절로 마음이 숙연해지며 가슴이 뭉클하다. 말로만 듣던 노동의 숭고함을 그냥 몸으로 다 보여준다. 섬세한 손길로 나락을 베고, 산더미 같은 나락 더미를 지게에 져 나르고, 끝도 없이 호롱게를 발로 밟으며 나락을 털고, 나락 포대를 수레에 싣고 오르막을 오르고…… 그러는 걸 보면 애처롭고 존경스럽고 고맙고 미안하고 여러 가지 심경이 교차한다. 이렇게 고생해서 우리를 먹여 살리는데 나도 이 사람한테 정말 잘해야겠다 싶어진다. 비록 무뚝뚝하고 고집 세고 잔소리도 많아서 나를 힘들게 할 때도 많지만 그럼에도 다 용서할 수 있을 것만 같다. 다울이도 아마 나와 비슷한 감정을 느꼈기에 마음이 녹아내리는 것 같다고 말했겠지.

아무튼 우리 신랑, 올해도 혼자 가을걷이를 하며 입술이 부르틀 정도로 고생이 많았다. 너무 고마워서 뭐라도 해주고 싶던 차에 마침 신랑 생일이 닥쳐서 아이들과 어떤 선물을 해줄까 의논을 했다.

"멋있는 막대기 만들어줄까? 대나무 베서 끝에다가 억새나 나뭇잎 이쁜 거 꽂아서 말이야."

"나는 아빠한테 야옹 줄 거야. 엄청 큰 야옹 잡아서…… 그리고 나는 아주 작은 야옹 잡아서 키울 거야."

"너희들이 좋아하는 거 말고 아빠가 좋아하는 선물을 해야지. 아니다, 됐다 됐어. 그냥 예쁘고 맛있는 케이크 만들어주자."

그리하여 케이크 만들 준비에 들어갔다. 얼마 전에 제사가 있어 시루떡을 쪘는데 그때 신랑이 떡이 너무 퍽퍽한 것 같다며 다음엔 물을 더 많이 잡아서 찌라고 잔소리를 했었다. 그 말을 듣고 '우쒸! 그럴 거면 네가 직접 해먹어라' 하고 쏘아붙이고 싶었는데, 이번엔 그이 말대로 물을 많이 잡고 고구마까지 듬뿍 넣어 촉촉하게 해주기로 했다. (떡을 할 때는 쌀가루를 체에 쳐서 내려야 하는데 물기가 많으면 체에 치는 작업이 아주 어렵다. 그럼에도 어깨가 아프도록 쌀가루를 문질러가며 체에 쳐서 내렸다.) 거기에 대추랑 잣을 듬뿍 다져 넣고 삶은 팥이랑 달게 조린 강낭콩까지 넣어서 색다른 느낌의 떡을 쪄냈다. 살짝 떼어 먹어보니 촉촉한 빵 같기도 해서 불현듯 크림을 얹어볼까 하는 생각이 스쳤다.

어떤 크림인고 하니 바로 두부생크림. 보통 채식 빵케이크 만들 때는 두부크림을 바르기도 하는데, 떡 케이크에 크림 바르는 건 괜찮을까 어떨까 고민이 되었지만 일단 해보기로 했다.

그럼 두부크림을 만들어볼까? 두부, 볶은 땅콩, 잣, 매실효소, 밤잼, 사과잼, 소금 약간(나는 집에 있는 재료 이것저것 다 넣었다. 견과류, 단 거, 짠 거, 두부 정도만 넣어도 된다)을 넣고 믹서에 갈기만 하면 끝이다. 크림이지만 많이 느끼하지 않고 은근히 달면서 고소한 맛! 다랑이에게 맛 좀 보라고 찍어줬더니 맛있다고 계속 먹는다. 그런데 이걸 떡에 바른다고 하니 아이들 눈에 휘둥그레졌다.

"엄마 뭐하려고? 떡에다가 바르려고?"

"걱정 마. 맛있을 거야."

그렇게 해서 생크림케이크처럼 크림을 펼쳐 바르고 아이들에게 작전 명령을 내렸다.

"자, 이제 너희들이 케이크 꾸밀 차례야. 꾸밀 재료들부터 밖에 나가서 찾아오도록!"

아이들은 환호성을 지르며 밖에 나가 장식거리를 따왔다. 까마중 열매, 아직 남아 있는 제비콩 꽃, 박하 잎…… 다울이가 과일을 썰어 붙이면 더 좋을 것 같다고 해서 사과와 단감까지! 거기에다 식탁 위에 남아 있던 작은 고구마덩이와 예전에 말려둔 작은 꽃다발까지! 그렇게 해서 아침에 다울이가 쓴 생일 축하 편지까지 옆에 세워두니 아주 그럴싸한 케이크가 되었다. 세상에 둘도 없이 아주 유별난 당신께, 세상에 하나뿐인 특별한 케이크를!

케이크를 만들어놓고 우리끼리 얼마나 좋아했는지 모른다, "밖에서 사 먹는 케이크랑 똑같다" "너무 사랑스럽다" "마음을 녹여버리는 케이크라고 하자!" 온갖 찬사가 쏟아졌다. 이 케이크를

발견한 아빠는 얼마나 행복할까 그 마음을 상상해 보기도 했다,

그런데 정작 당사자인 그 남자는 어땠을까?

"아빠, 우리가 아빠 생일 선물로 멋진 케이크 만들었어."

"그래."

"꾸미는 건 다랭이랑 내가 했어."

"그래."

그걸로 끝이었고 심지어 "이런 건 왜 만들어 가지고⋯⋯"라는 막말까지 했지만 그럼에도 우리는 안다. 말은 그렇게 해도 마음 속으로는 환히 웃고 있을 거라는 걸.

목석같은 아저씨, 아무리 감추어도 소용없어요. 우린 당신 마음 다 아니까요. 태어나 줘서 고맙고 사랑해요. 당신 덕분에 우리가 삽니다.

입맛을 심는다,
메주와 청국장

지난여름, 타들어 가는 콩밭을 바라보며 얼마나 마음을 졸였던가. 여느 해 같으면 이파리가 너무 무성해지지 않도록 두세 번은 순지르기를 해주어야 했을 텐데, 올해는 전혀 그럴 필요가 없었다. 콩이 저 스스로 잎을 더는 늘리지 않았으니까. 그저 가까스로 꽃을 매단 채 지친 모습으로 버티고 서 있을 뿐이었다. 아무것도 도울 수 없었던 나는 무력감을 느끼며 차라리 눈을 질끈 감고 콩밭을 지나쳐갈 수밖에 없었다. '올해는 메주를 쑬 수 있을까? 씨라도 건져야 할 텐데' 걱정하고 또 걱정하면서 말이다.

그랬던 때가 바로 엊그제 같은데 며칠 전에 메주를 쑤었다. 수확이 많지는 않아 닷 되 조금 못 되게 콩을 삶았지만 그것도 고마웠다. 올해도 어김없이 메주를 쑬 수 있다니 그게 어딘가. 게다가 올해는 모든 게 조금은 쉽게 느껴진다. 콩 삶기는 물론 메주 빚고 메주 띄우는 전 과정에 약간의 감이 생겼다고나 할까? 메주에 대해 아는 게 많아진 건 아니지만 그냥 내 몸이 메주에 젖어들어 메주를 한결 친숙하게 만나는 것 같다.

그러자 '메주가 잘 떠야 할 텐데, 잘 안 뜨면 어쩌나?' 하는 불안감도 없다. '잘 뜨겠지 뭐' 하고 편안하게 지켜보게 되고, 신기하게도 정말 잘 뜨고 있다. 잘 뜨는지 안 뜨는지 어떻게 아냐고? 때때마다 메주를 뒤집어줄 때 보면 하얀 곰팡이가 뭉게뭉게 번져가는 걸 눈으로 직접 확인할 수 있다. 그뿐만 아니라 냄새가 난다. 메주가 모셔진 안방 문을 열면 하루가 다르게 짙어지는 메주 냄새를 맡을 수 있다. 아, 이 구수한 냄새!

물론 이 냄새가 누구에게나 구수하게 다가가는 건 아닌 것 같다. 그러니까 지난겨울 우리 집에 온 조카들은 메주 방에 들어서자 코부터 틀어막고 소리쳤다.

"뭐야, 이 방귀 냄새!"

"아우, 지독해!"

그 말을 듣고 나는 약간 충격을 받았다. 누군가에겐 이 냄새가 지독할 수도 있다는 사실을 처음 안 것이다. 나뿐 아니라 우리 아이들도 메주 앞에서 한 번도 코를 막은 적이 없다. 오히려 코를 들이밀어 날마다 냄새를 맡고, 하얀 곰팡이 천사가 얼마나 더 많이 찾아왔나 안부를 묻고는 한다. 몇 날 며칠 한 방에서 같이 부대끼며 사니 메주가 식구처럼 친숙할 수밖에 없는 것이다. (엄마 아빠가 신주단지 모시듯 어린 아기 돌보듯 끔찍이 아끼는 걸 보며 '정말 중요한 건가 보다' 세뇌를 당하고 있는 것인지도 모른다.)

메주뿐 아니라 꼬리꼬리하기로 소문난 청국장마저도 아무 문제 될 것이 없다. "엄마, 청국장 다 됐나봐. 냄새 많이 난다" 하고 알려주는 정도? 특히 다울이는 다른 냄새들에는 아주 민감하게 반응하는 녀석이 청국장 냄새만은 아무렇지 않게 받아들이고 나 못지않게 청국장을 좋아한다. 해서, 겨울 문턱에 딱 들어서는 순간부터 청국장은 우리 집 단골 메뉴가 된다. 시래기와 무 넣고 바글바글 찌개 끓여먹고, 숯불에 김 구워서 청국 양념장 넣어 싸 먹고, 밭에 남아 있는 배추와 당근을 청국장 소스로 샐러드 해서 먹고, 청국장 듬뿍 넣어 김밥 말아 먹고…… 청국장 하나만 있어도 몇 날 며칠 메뉴가 무궁무진하다. 그러고도 남는 청국장은 된장에 섞어두면 된장 맛이 배가 되니 금상첨화! 물리지 않느냐고? 그럴 리가!

　얼마 전에 내 생일이라 아주 오랜만에 외식을 했다. 밖에 나가면 먹을 게 지천인 듯해도 막상 먹을 만한 먹을거리를 찾기는 어려워 두리번거리게 되는데, 결국 우리 가족이 찾은 곳은 (국산 콩) 두부 요리 전문 밥집. 거기에서 집에서 늘상 먹는 청국장을 시켜 먹었다. (집에서 안 해먹는 화려한 음식을 먹어볼까 고민도 했지만 아는 게 병이라고 몸에 안 좋은 걸 뻔히 아는데 그런 걸 돈 주고 사 먹는다는 게 너무 아까웠다. 나 혼자라면 모르지만 아이들에게 불량스런 음식을 먹일 수는 없지 않은가?)

　그런데 주인 아주머니 입이 딱 벌어졌다. 청국장을 이렇게 잘 먹는 아이들은 처음 보셨단다. 심지어 생후 8개월 된 다나까지 청국장에 적셔주는 밥을 꿀떡꿀떡 받아먹자 두 눈이 휘둥그레져 말씀하셨다.

　"무슨 애들이 밥을 이렇게 잘 먹어? 그것도 청국장을……"

　하기사 청국장 좋아하는 아이들이 그리 흔치는 않을 것이다. 달고 기름진 음식들이 얼마나 많은데 꼬리꼬리한 청국장에 손이 가겠는가? 고기도 먹어본 사람이 맛을 안다고 청국장도 자꾸 먹어봐야 그 참맛을 알 텐데 어디 익숙해질 기회가 있느냐는 말이다. 엄마들은 그저 아이 입맛에 맞는 반찬으로 아이들에게 밥을 한 숟가락이라도 더 떠먹이는 데만 혈안이 되어 있고, 아이들은 마치 엄마를 위해 큰 아량을 베푸는 듯한 자세로 마지못해 밥을 받아먹고…… 그렇게 밥맛도 잘 모르고 사는 현실 속에서 청국장은 음식 취급도 제대로 못 받는 천덕꾸러기 신세가 아닐는지…… (우리 마을 할머니도 청국장찌개를 끓이면 손주들이 냄새 난다고 상에 올리지도 못하게 해서 부엌에서 혼자 밥을 드신다고 한다.)

그래서 나는 때로 불친절한 엄마가 되어야 한다고 주장한다. 아이를 위한 반찬을 따로 만들 필요가 있을까? 아이의 혀끝이 좋아할 만한 맛에 너무 연연하다 보면 아이의 몸도 마음도 망가뜨리는 게 아닐까? 만약 아이가 반찬 투정을 한다면 억지로 한입 떠먹이기보다 숟가락을 뺏어 굶겨보자. (밥 안 먹는 아이에겐 간식 또한 금물이다.) 그리고 엄마 자신이 누구보다 맛있게 밥을 먹자. 그러면 아이는 저절로 군침을 삼키지 않을까? 냄새 나든 말든 개의치 않고 말이다.

나는 입맛도 심는 거라고 생각한다. 세 살 버릇 평생 가듯 세 살 입맛 평생 가니 어린 시절 입맛을 심어주는 일이 아주 중요하다고 생각한다. 어려서부터 자극적이고 강렬한 맛, 또는 부드럽고 달콤한 맛에 길이 들면 평생 그 맛에 노예처럼 끌려다닐 것이 뻔하지 않은가? 몸이 불편하든 말든, 그 맛이 지구를 아프게 하든 말든.

얼마 전에 누군가 물었다. 시골에서 자급자족하며 사는 게 나에게는 행복일 수 있지만 아이들 입장에서는 억울한 거 아니냐고, 남들이 누리는 풍요의 기회를 박탈당한다고 볼 수도 있지 않느냐고, 그러다 보면 언젠가는 집에서 도망칠 날이 오지 않겠냐고.

그분의 말씀이 맞는지도 모른다. 언젠가 아이들은 떠날 것이고, 또 그래야 하리라. 하지만 어렸을 때 심어진 입맛이 결국 중요한 선택의 기로에서 나침반 역할을 하지 않을까? 겨울 찬바람이 나기 시작하면 자기도 모르게 청국장이 먹고 싶어지고 메주 냄새가 그립고…… 그렇다면 다시 돌아올 수도 있지 않을까? 몸이 원하는 진짜 맛을 찾아서, 돈 주고 살 수 없는 그 맛을 스스로 이루기 위해서……

그런 뜻에서 나는 한 그루의 나무를 심듯이 기꺼이 입맛을 심는 사람이 될 생각이다.

특명, 가래떡을
구워라!

　　　　　　　　　지난 열흘 동안 나는 무려 일곱
명의 식구를 먹여 살리는 강도 높은 부엌데기 수련을 했다. 서
울에 사는 여동생과 조카들이 겨울방학을 맞아 우리 집에 와 있
었기 때문이다. 우리 집 식구들이야 내 밥상에 익숙하고 이것 외
에는 다른 선택이 없다는 걸 온전히 받아들이고 있지만 더부살
이 식구들이야 어디 그런가? 온갖 먹을거리가 넘치는 서울 한
복판에 살다가 마트는 물론 구멍가게 하나 없는 깡촌에서 몇 날
며칠을 살아야 했으니 오죽 갑갑하고 헛헛했을까? 내가 시골에
처음 내려와 살던 때 그랬듯이 조카들은 쉴 새 없이 '배고프다'
노래를 불렀다.

"옳지 잘됐다. 배가 고파야 밥을 맛있게 먹지."

조카들의 심정을 모르는 바 아니면서도 나는 독하게 마음을 먹고 내 나름의 밥상 차리기 원칙을 정했다. 첫째, 뭐 맛있는 걸 해줄까 전전긍긍하기보다 뭐든지 맛있게 먹을 수 있는 환경(몸을 많이 쓴 뒤에 밥 주기, 간식은 넘치지 않게 먹이기, 저녁밥 먹은 뒤엔 아무것도 안 주기)을 만들어준다. 둘째, 김밥에는 햄, 만두에는 고기 같은 뿌리 깊은 고정관념을 흔들어놓는다. 셋째, 아이들도 밥상 차리기 과정에 작은 부분이라도 참여하게 함으로써, 과정을 겪은 이만이 느낄 수 있는 밥의 참맛을 알게 한다. (물론 원칙을 고수하느라 분위기가 처량해지는 일이 없도록 상황에 맞게 특별 밥상을 마련하기도 했다. 예를 들어 우리 마을 기명이의 중등 졸업 축하 손만두 잔치, 형편대로 김밥과 짜장국수 특식, 친구네 빵가게 개업 잔치에 가서 축하 공연하고 잔치 음식 얻어먹기 등.)

이 가운데 가장 중요하게 생각한 원칙은 세 번째다. 되도록이면 아이들을 참여시키기. 어설프더라도 자기들 손으로 무언가를 해보게 하는 것. 그리하여 점심 먹고 얼마 되지 않아 "배고파요. 먹을 거 없어요?" 하고 달려드는 아이들에게 굳어 있는 가래떡 한 덩이를 내밀었다.

"너희들 불장난 좋아하지? 산에 가서 땔감 모아다가 가래떡 구워 먹어라."

"네? 저희가요?"

"그럼 너희가 하지 누가 해? 원래 목마른 사람이 우물 파고 배고픈 사람이 가래떡 굽는 거야."

올해 열 살 되는 큰조카가 떨리는 표정으로 나를 바라보자 다울이가 옆에서 끼어들었다.

"나도 얼마 전에 가래떡 구워 먹었어. 다랭이랑 둘이서 아궁이 만들어가지고……"

"뭐? 진짜? 불은 어떻게 붙였어?"

"아빠가 돋보기로 햇빛 모아서 불 피워줬어."

"아, 그거 나도 알아. 텔레비전에서 봤어. 나뭇가지랑 돌 비벼서도 불 붙일 수 있어."

"맞아, 그거 별로 어렵지 않아."

열 살, 아홉 살, 일곱 살 세 아이는 저희들끼리 머리를 맞대고 한참이나 이러쿵저러쿵 떠들어댔다. 그러더니 자신만만한 표정으로 의기양양하게 땔감을 구하러 갔다. 나는 때마침 다나와 다랑이 낮잠 재울 시간이기도 하고, 저희들 스스로 해보라고 내버려둘 심산으로 사랑방으로 들어가 버렸다.

예상했던 대로 산에서 돌아온 아이들은 허둥지둥 난리가 났다. 가지고 온 나무를 어떻게 해야 하는지 몰라서 쩔쩔매고, 아 궁이를 어디에 만드느냐를 놓고 티격거리고, 아무 준비도 없이 불부터 붙인다고 이것저것 해보다가 마침내 성냥을 찾으러 다니고…… 그러다가 결국 안 되겠다 싶었던 모양이다. 마당에 톱 질하러 나온 신랑에게 도움을 청하는 소리가 들렸다.

"이모부, 불 좀 붙여주세요. 손 델까봐 너무 무서워요."

"불을 지피기 전에 불 땔 준비부터 해야지. 쓰기 좋게 마른 나무 잘라서 모아놓고, 불쏘시개로 쓸 지푸라기나 마른 솔잎도 챙겨놓고……"

신랑이 설명을 해주어도 여전히 허둥지둥이다. 그도 그럴 것이 지푸라기가 뭔지 솔잎이 뭔지 용어조차 모르기 때문이다. 그걸 다 아는 다울이도 "지푸라기도 몰라? 솔잎은 소나무 잎이야!" 하면서 답답해하기만 할 뿐 적극적으로 나서지를 않는다. (이번에 새롭게 확인하게 된 사실인데 다울이는 여럿이 함께 뭔가를 하는 일에 무척 서툴다. 개별 행동을 하거나 방관자가 되거나 둘 중 하나. 어쩜 그렇게 나를 꼭 빼닮았는지……) 결국 가래떡 굽기 대실패! 아이들은 그날 저녁밥을 두 그릇 세 그릇씩 먹는 것으로 아쉬움을 달래야 했다. 내일은 꼭 성공하고 말겠다며 굳은 의지를 불태우며.

그리고 다음날, 아이들이 꾀를 내어 기명이와 수빈이(고 1, 고 3이 되는 우리 마을 청소년)를 불러왔다. 이날은 바람이 유독 거세서 작전 수행이 어렵겠다 싶었지만 큰 아이들이 있어서 잠자코 지켜보았다. 그랬더니 오늘도 역시 아수라장이다. 말만 많고 일은 안 되고, 사공은 많은데 배는 띄울 생각도 않고…… 보다 못한 내가 나서서 고함을 질렀다.

"야, 너희들 배 안 고프냐? 말로는 뭘 못해, 몸을 움직여야지!!!"

그제야 주머니에 손을 넣고 있던 기명이가 마지못해 사령관 자리에 앉아 작전 지시를 내렸다.

"아, 불 때는 건 내 스따일 아닌데…… 야, 너는 나뭇가지 준비하고, 너는 솔잎 좀 가져와. 성냥은 어디 있지?"

그렇게 해서 불이 붙고 불 위에 석쇠가 올려졌다. 이제 활활 타오르는 불에 가래떡을 구울 태세! 할 수 없이 내가 나서서 다시 참견을 했다.

"잠깐! 불길에 떡 구우면 떡에 그을음 다 묻는다. 이따 숯불 나오면 그 불에 구워."

"네, 알겠습니다!!!"

아이들은 그제야 집중력 있게 한 몸처럼 움직였다. 세찬 바람 속에서도 불가에 옹기종기 둘러앉아 숯불을 기다리고 가래 떡을 얹고…… 그 모습이 어찌나 가련해 보이던지 "이제 됐다, 나머지는 내가 할 테니 그냥 들어와라" 말하고 싶었지만 꾹 참 았다. 고생스러우면 고생스러울수록 가래떡 맛이 배가될 테니 눈물 쏙 빠지게 고생 좀 해봐라 하고 말이다. 그 대신에 나는 부 엌에서 양념장(양념장은 고추장, 사과잼, 참기름, 깨소금 넣은 매운 양념 장과 케첩, 꿀, 참기름, 깨소금 넣은 상큼달큼 양념장 두 가지!)을 만들어 놓고 기다렸다.

얼마 뒤 우당탕퉁탕 아이들이 들어왔다.

"와, 드디어 가래떡 굽기 대성공이다."

"이모, 떡 다 구워졌어요! 이제 먹어도 되죠?"

"그래, 양념장에 찍어서 먹어."

"와!!! 떡아 정말 고마워, 떡이 돼줘서. 우리들도 떡 먹고 착 하게 살게."

아이들은 시키지도 않은 떡 노래(밥 노래 개사)까지 재빨리 부 르고 그 뒤로 한동안 조용했다. 모두 먹느라 바빴으므로. 얼마나 맛있게들 먹는지 어른들은 감히 먹을 엄두조차 못 냈고, 아이들 은 하나라도 더 먹으려고 기싸움이 치열했다. 마침 집에 손님이 잠깐 왔는데 아이들 기세에 눌려 가래떡 하나를 들고 황급히 일

어서야 했다. 아마 요즘에도 이런 게걸스러운 애들이 있나 하고
깜짝 놀랐을 것이다.

　가래떡 굽기 말고도 아이들은 여러 가지 경험을 통해 밥맛을
배웠다. 밥상 차리는 일 돕기는 기본이고 청국장 찧기, 콩 껍질
까기, 들깨 검불 추리기, 박 바가지 만들기, 김밥 싸기…… 저희
들이 힘을 보탠 밥상이라서 그런지 열흘 내내 밥그릇에 구멍이
날까 무서울 정도로 밥을 맛있게 먹었다. 시래깃국이나 청국장,
고사리나물 같은 메뉴도 인기 만점! 부엌데기로서 그보다 뿌듯
한 일이 어디 있으랴. 대식구 먹여 살리느라 몸은 좀 고되었으
나 마음만은 흥겨웠다.

　이로써 나는 알게 되었다. 먹는 것 따로 사는 것 따로가 아니
고 놀이 따로 일 따로가 아니라는 것을…… 요즘 아이들이 어떻
고 저떻고 해도 아이들은 어떤 상황이 주어지면 부드럽게 변화
한다. 어른들이 올바른 길잡이가 되어주기만 한다면 눈을 빛내
며 따라온다. 수고를 겁내지 않고 모든 과정 속에 참여하기를 원
하며, 편견을 쉽게 내던지고 새로운 맛으로 떠나는 모험을 감행
하면서. 밥상 앞에서도 역시, 아이들은 희망이다.

달걀
한 알의 느낌

 세상에서 가장 아름다운 소리가
내 자식 목구멍에 밥 넘어가는 소리라 했던가? 그에 못지않게
아름다운 소리가 있으니 내 자식이 나를 위해 책 읽어주는 소리
가 아닐까 한다. 그러니까 얼마 전부터 다울이가 자발적으로 책
을 읽어주기 시작했다. 하루에 한두 권씩 다랑이에게 책을 읽어
주라고 시키는데 그럴 때 읽어주는 것과는 사뭇 다른 목소리다.

"엄마, 이거 읽어봤어? 안 읽어봤지? 얼마나 재밌는지 엄마
도 들어봐."

다울이는 책장 한구석에 처박혀 있던 《모래알 고금》이라는
케케묵은 동화집을 가져와서 그중에 달걀 도깨비 나오는 대목

을 실감나게 읽어주었다.

"엄마, 달걀 도깨비가 진짜 있어?"

"있을걸. 엄마 어렸을 때 달걀 도깨비는 아니고 달걀 귀신 이야기는 아주 많이 들었어. 한밤중에 낯선 길을 가다 보면 꼭 나타난다던데……"

"으아, 나 밤에 밖에 안 나갈래!"

그 책을 읽고 얼마 뒤 다울이가 이번에는《마당을 나온 암탉》을 읽어주겠다 했다. (이 책으로 말할 것 같으면 다울이가 자기 용돈으로 사 본 첫 책이다. 며칠 전에 아빠를 따라 외출을 했던 다울이가 그 책을 사왔을 때, 나는 도서관에서 빌려 볼 수 있는 책을 왜 샀냐며 심한 구박을 했더랬다. 정말 무식한 엄마가 아닐 수 없다.) 책을 사오자마자 빨려들듯이 읽어대더니 읽기 시작한 지 이틀도 채 안 되어 읽기를 마치고 나에게도 꼭 들려주고 싶었던가 보다.

"엄마, 이 책《모모》보다 더 재밌어. 한번 들어봐."

"알았어, 청소하면서 들을게."

나는 이것저것 할 일이 많았기에 책 읽는 소리에 귀 기울일 여유가 없었다. 다울이가 읽어주는 책을 10여 년 전에 이미 읽었던지라 안 들어도 다 아는 내용이라는 생각도 있었다. 그런데!

오며 가며 건성으로 흘려듣다가 나도 모르게 내용 속에 훅 빠져들었다. 어느새 나는 다울이 곁에 바짝 붙어 앉게 되었고, 붙박이 자세로 눈을 지그시 감고 책 속 세상으로 잠겨 들어갔다.

거기에 암탉이 한 마리 있었다. 얼굴을 모르는 수많은 닭들 가운데 나도 얼굴이 있다며 철창 밖으로 고개를 내밀고 있는 암탉. 스스로 '잎싹'이라는 의미심장한 이름까지 붙이고 나도 생명인 걸 잊었느냐고 목 놓아 울고 있었다. 나는 잎싹의 얼굴을 바로 볼 수가 없었다. 그동안 나는 닭장 속 닭들을 나와는 다른 세상을 사는 얼굴 없는 부속품 정도로 여겨왔지 않나? 그뿐인가, 잎싹이 알을 품다가 알에서 심장 뛰는 소리를 느꼈을 때, 냉장고 속에 들어 있는 달걀판이 떠올라 마음이 편하지 않았다. 마치 어린 아기를 추운 방에 가둬두고 있는 듯한 느낌이었다. 암탉도 생명이고 알도 생명인데 신선함을 유지해야 하는 식품으로만 바라보고 있었다니……!

그동안 조류독감이 확산되고 닭을 살처분한다는 소식을 접하면서도 한 번도 울어본 적이 없는데 다울이의 낭랑한 목소리 앞에서 나는 무너지고 있었다. 목울대가 뜨거워지고 눈시울이 붉어지며 자꾸 눈물이 나왔다.

"엄마, 울어?"

"옛날에는 몰랐는데 엄마 돼서 들어서 그런가 가슴이 찢어진다. 자식 기르는 어미 마음은 다 똑같구나."

정말 신기한 체험이었다. 끔찍하고 잔인한 소식을 전하는 기사나 뉴스 앞에서는 생명을 느끼는 감각이 점점 무뎌지고 눈물샘은 말라비틀어지는데, 귀로 들리는 동화는 달랐다. 훨씬 더 생생하게 현실의 아픔을 느끼게 하고, 생명을 생명으로 알아보게 했다. 머리로 아는 게 아니라 가슴으로 느끼는 그런 차원의 깨달음이랄까?

그래서인지 아이들이 좋아하는 달걀 반찬을 할 때면 잎싹의 얼굴이 자꾸 떠오르고, 이제는 닭을 키워야 하지 않을까 고민하게 된다. 이 달걀이 어디에서 오는지, 이 달걀을 낳은 닭들은 어떻게 살고 있는지 알고 싶어서다. 그걸 알아야 달걀의 온기와 그 생명력을 밥상 위에도 오롯이 담아낼 수 있지 않을까?

언젠가 장흥에 사는 친구가 달걀 열 알을 보내준 적이 있다. 집에서 키우는 닭이 낳은 알을 하루에 한두 알씩 모아놓았다가 보내준 것이었다. (다울이보다 한 살 어린 그 집 딸내미가 먹고 싶은 걸 꾹 참고 일부러 모았다는데, 그래서인지 한 알 한 알이 보물 같았다.) 그때 그 달걀에는 분명 얼굴이 있었다. 유통 기한 도장이 꽉 찍힌 다른 달걀과는 달리 정말 살아있는 생명이라는 느낌이 들었다. 알을 따듯하게 품어주면 병아리가 태어날 거란 믿음이 생기는 그런 느낌 말이다! 나는 그 느낌까지 살고 싶고, 그 느낌으로 먹여 살리고 싶다.

덤

설 명절을 앞두고 면사무소에서 사람들이 나왔다. 조류독감 발병 예방을 위해 미리 닭을 처분하러 온 것이다. 닭 키우는 농가에서 요청을 하면 닭을 죽여주고 두당 2만 5천 원씩 보상을 해준다는데, 그 얘길 듣고 어처구니가 없었다. 병 걸릴까봐 먼저 죽인다고? 그렇다면 보상금은 닭에게 바치는 조의금인가? 아, 정말 무시무시하게 황당한 세상이다. 달걀 귀신과 함께 닭 귀신의 활약이 기대되는!

4

먹을거리를 구하는
새로운 차원

　　　　　　　　　　　　　　　요즘 들어 다나의 존재감이 점
점 커지고 있다. 아침에 눈을 뜨자마자 짝짜꿍 손뼉을 치며 "아
빠빠빠" 소리를 치는가 하면 오빠들이 부르는 노래에 엉덩이를
들썩들썩 춤까지 춘다. 흥겨움은 생명의 본성인가? 그 앞에서 나
는 애를 처음 키워본 사람마냥 놀람과 흥분에 휩싸인다. 씨앗에
서 막 터져 나온 새싹이 하루하루 몰라보게 자라는 것을 볼 때
처럼 대견하고 신기하고 감사한 마음에 그저 노래할 뿐이다. 내
가 이렇게 노래를 즐겨 부르던 사람이었나 싶게 부르고 또 부
르고……

　그러다가 내가 한때 아이들 노래에 취해 살던 때 좋아하던 노

래를 불렀다. 어떤 아이가 〈빈대떡 신사〉라는 옛날 노래를 듣고 뱉어낸 말에 백창우 아저씨가 곡조를 붙여 만든 노래다.

"어른들이 부르는 노래는 참 이상해요. 돈이 없는데 어떻게 집에 가서 빈대떡이나 부쳐 먹지요? 말도 안 돼요, 말도 안 돼요. 밀가루도 사고 채소도 사야 하잖아요. 그러니까 그러니까 돈이 있어야 하잖아요. 돈이 있어야 하잖아요."

노랫말도 곡조도 재미있어 아이들 반응이 뜨거웠다. 툭하면 빈대떡 노래 불러달라고 하더니 어느새 따라 부르고, 언제부터인가 저희끼리 불러댄다. 때로는 마당에서 놀면서 바가지를 막대기로 두드리며 고래고래 소리치면서 부르기도 하는데 "그러니까 그러니까 돈이 있어야 하잖아요. 돈이 있어야 하잖아요." 이 대목에 이르면 솔직히 좀 민망하기도 하다. 지나가는 사람이 들으면 '웬 돈 타령? 저 애들을 앵벌이라도 시킬 셈인가?' 하고 오해라도 할까 싶어서. 그 부분에 대해서는 아이들과 이야기가 필요할 것 같아서 아이들에게 물어봤다.

"너희 생각은 어때? 빈대떡 부쳐 먹으려면 정말 돈이 있어야 할까?"

"엄마, 나도 그게 이상했어. 이 노래를 만든 아이는 도시에 사나봐. 그러니까 다 사야만 하는 줄 알지. 밀가루는 밀을 심으면 되고 채소는 밭에서 뜯어오면 되잖아."

"그래. 직접 농사지으면 굳이 살 필요 없겠지? 또 다른 방법은 없을까?"

"엄마한테 만들어달라고 해."

"오, 그것도 좋은 생각이네. 엄마가 됐든 친구가 됐든 찾아가서 빈대떡 좀 부쳐달라고 해도 되겠다."

아이들과 이야기를 나누며 나는 더 많은 사람들이 먹을거리를 구하는 방법이 단 한 가지여만 하는지에 대한 성찰을 해보면 좋겠다는 생각을 했다. 오로지 돈으로 사는 방법밖에 모르는 사람이 있다고 치자. 그렇게 되면 인생이 얼마나 팍팍하겠나? 밥상을 앞에 놓고 앉아서도 시금치는 한 봉지에 얼마, 쌀 한 포대는 얼마, 남모르게 계산기를 두드려야 하리라. 거기에 가격 대비 품질은 어떤지, 유기농인지 관행농인지 수많은 잣대를 들이대겠지. (나 또한 그렇다. 먹을거리를 사먹을 때는 머릿속에서 계산기 하나가 툭 튀어나와 마음을 어지럽히는 기분이 든다. 골치 아픈 수학 공부를 강요당하는 느낌이랄까?)

그 반면 농사를 짓고 살게 되면 전혀 새로운 차원의 사유의 장이 펼쳐진다. 식재료를 가격으로 환산하여 효율적으로 소비하는 능력 대신 주어진 식재료에 어떻게 숨을 불어넣느냐가 관건이 될 테니까. 한 예로 지난 주말에 우리 집에 어른 다섯, 아이 여섯, 모두 열한 명의 손님이 왔는데 무엇으로 밥상을 차리나 고민하다가 전혀 새로운 요리가 탄생했다. 이름하여 묵나물 몸보신탕! 겨울 끝물이라 내놓을 게 변변치 않은 상황에서 남아 있는 묵나물(토란대, 애호박고지, 취나물)을 죄다 넣고, 냉동실에 (아직까지!) 쟁여놓은 완두콩물(수프나 죽, 또는 빵에 발라 먹는 크림용으로 쓰려고 삶아서 갈아놓은 것인데 하루빨리 처치해야 할 품목)이 있기에 그것도 넣고, 생들깨즙까지 진하게 넣어 푹푹 끓여낸 탕이다.

보통은 나물로 탕을 끓일 때 들깨즙만 넣고 끓이는데 완두콩물을 넣었더니 훨씬 내용이 충실해진 느낌이 들면서 양도 많아지고 맛도 더 부드러웠다. 아이들이 많아서 고춧가루는 넣지 않았는데 고춧가루까지 넣으면 추어탕이나 보신탕과도 비슷한 느낌이 날 것 같아 나 혼자 몸보신탕이라는 이름을 붙여보았다.

완두콩물을 넣을 당시에는 넣어도 괜찮을까 두려운 생각도 들었지만 모든 새로운 요리는 그렇게 탄생하는 게 아니겠는가? '궁즉통窮則通 통즉변通則變'이라…… 한정된 재료를 가지고 이러저러 조합을 하다 보면 이전과는 조금 다른 맛, 조금 다른 새로움과 마주하게 되는 것! 그렇게 밥상에서 아주 작고 사소한 새로움이라도 일궈내게 되면 나는 묵은땅을 한 뼘이라도 개간한 것 같은 감격과 기쁨에 젖는다.

그런가 하면 우연히 누군가의 원조로 밥상이 새로워지는 순간도 있다. 나는 그것을 '우연의 밥상'이라고 부르는데 멀리 갈 것도 없이 바로 어제가 그랬다. 마을 할머니 한 분이 잎사귀가 커봤자 아이들 손바닥만큼이나 되는 작은 월동배추를 가져다주신 거다. "밭에 두니깐 삐둘기가 다 쪼아 먹더랑께. 저녁에 반찬해 묵어" 하시면서 말이다. 또 다른 할머니는 "무시 있어?" 하고 슬쩍 물어보시더니 무를 한 바가지 가져다주셨다. 마침 아삭아삭한 푸성귀가 그립던 참이라 배추 한 소쿠리, 무 한 바구니가 그렇게 반가울 수가 없었다. 배추를 보며 쌈을 싸 먹을까 겉절이를 해 먹을까 행복한 고민을 하다가 새콤달콤 겉절이를 무쳤는데, 무치면서 반 정도는 내가 집어먹은 것 같다. 거기에다 무로는 들깨가루 듬뿍 넣고 물 자작하게 해서 무나물탕까지 하니 저녁 밥상이 그득했다. 내가 장을 보러 나가서 배추 사고 무를 사서 철저한 계획 하에 차린 밥상이라면 절대 느낄 수 없을 깊은 포만감이 느껴졌달까?

참 신기한 일이다. 왜 돈을 주고 사면 배가 불러도 허전함이 생기는 걸까? 마치 밑 빠진 독에 물을 붓는 것처럼 부어도 부어도 끝나지 않는 허기, 그것은 어디에서 오는 걸까? 돈으로 바꾸는 순간, 먹을거리에 흐르던 생명의 파동이 얼음처럼 얼어붙는 건 아닐까? 음식을 먹는 일이 단지 배만 불리는 차원이 아니라 생명의 파동과 기운을 받는 일인 만큼 파동을 흡수하지 못하면 허기는 사라지지 않는 게 아닐까?

그런 이유로 나는 아이들에게 자신 있게 말했다. "그러니까 그러니까 돈이 없어도 되잖아요. 돈이 없어도 되잖아요"라고 노랫말을 바꿔 부르자고. 만약 이렇게 노랫말을 바꿔 부르는 사람들이 점점 많아진다면 우리는 더 이상 굶주리지 않을 것이다.

복수초꽃 요정의 말씀,
비움을 두려워 말라!

　　　　　　　　　겨울에서 봄, 겨우내 안방 한구
석을 차지하고 있던 큼지막한 고구마 상자를 들어냈다. 열 개 남
짓 남은 고구마를 씨로 묻고 나니 이제 고구마는 없다. 가을에
고구마 캘 때까지는 다시 이 맛을 보기 어렵겠지. 아, 아쉽다. 설
에 한 쑥떡과 가래떡도 몇 덩이 남지 않았고, 김장김치도 곧 있
으면 바닥이 날 기세다. 바닥! 얼마나 두려운 낱말인가. 두려움
때문인지 요즘 들어 자꾸 허기진 느낌이 든다. 춘궁기를 맞이하
는 옛날 어무이들 마음이 이랬을까? 씨앗을 뿌리기도 전이라 아
직 밭에는 기댈 게 없고 가득 채워져 있던 곡간은 텅 비어가는
변화의 시간 앞에서 춘궁기의 말뜻을 몸이 먼저 이해하기 시작

한다. (그나마 쌀독에 쌀은 넉넉하니 크게 걱정할 것은 없지만서도 괜스레 어깨가 움츠러드는 느낌은 막을 수가 없다.)

"안 되겠다. 애들아, 산에 가자."

산에 가서 쑥이 얼마나 커졌나, 머위는 많이 올라왔나 살펴볼 심산으로 아이들을 앞세우고, 다나를 들쳐 업고 산으로 갔다. 꽃샘추위가 기승을 부린다고 해도 봄은 봄, 땅을 밟는 느낌이 한결 폭신하고 연둣빛 새싹들은 찬바람에도 지지 않고 세력을 넓혀가고 있었다. 하지만 아직은 뜯어먹기 미안할 정도로 작아서 입맛만 다시며 집으로 돌아가려는데, 마을 앞에 차가 여러 대 서 있는 게 보였다. 웬 차들인가 싶어서 고개를 갸웃거리다가 갑자기 '복수초'라는 꽃 이름이 떠올랐다. 해마다 이맘때가 되면 목에 카메라를 건 사람들이 찾아왔고, 무슨 일이냐고 물으면 복수초꽃 사진을 찍으러 온다고들 했었지! (우리 마을 저수지 위쪽 산으로 복수초 군락지가 있다는데 나는 얘기만 들었지 한 번도 가본 적이 없다.)

"애들아, 우리 꽃 보러 갈래?"

"매화꽃?"

"아니, 복수초꽃. 눈과 얼음을 뚫고 가장 먼저 피어나 봄을 알리는 꽃이라는데 저수지 위로 가면 그 꽃이 많이 피어 있나봐.

멀리서 차 타고 구경 오는 사람들도 있는데 우리도 꽃구경 가보자."

"그래, 가자! 야호, 신난다!"

산에 다녀온 터라 지쳤을 법도 한데 아이들은 흔쾌히 따라나섰다. 아니, 이제는 아이들이 앞장을 서고 내가 따라나서는 형국이 되었다. 내가 조심해서 가라고 잔소리를 하든 말든 신나게 달리고 장난을 치면서 걸으며 개울을 건너고 논둑길을 따라 걸어 저수지까지 갔다. 거기에서 또 저수지 위로 난 오솔길을 따라 걸으며 우리 마을 상수원까지 갔다. 그런데 대체 꽃밭은 어디에 있을까? 냇가를 앞에 두고 이제 어디로 가야 할지 몰라 난감해하고 있는데 때마침 산에서 내려오는 등산객 차림의 아저씨가 있었다. "앗, 저 아저씨한테 물어보면 되겠다" 했더니 다울이가 먼저 나서서 넙죽 배꼽 인사를 했다.

"안녕하세요?"

"오냐. 너도 꽃 보러 가나?"

"네. 근데 복수초꽃 어디에 피어 있어요?"

"저쪽으로 길 따라 올라가 봐. 조금만 올라가면 길 따라 쭉 피어 있어. 나는 해마다 꽃한테 인사하러 온단다."

꽃이 있는 곳을 묻고 꽃이 있는 곳을 답하는 행복한 대화! 낮선 이와 꽃으로 이어져 대화를 나누는 모습이 꽃처럼 곱다는 생각을 하며 아저씨가 가리킨 방향으로 몇 발자국 올라가자 작고 노란 불빛이 한 줄기 보였다. 대낮임에도 눈부시게 환하게 느껴지는 꽃빛! 바로 저거다, 저 빛이 바로 복수초꽃이 뿜어내는 빛임에 틀림없다.

산으로 오르면 오를수록 빛송이는 점점 많아져서 어느 순간 입을 다물 수 없는 지경에 이르렀다. 와, 이 고운 빛은 정녕 어디에서 왔단 말이냐? 아득할 정도로 아름다운 광경에 내가 서 있는 곳이 어느 세상인지 헷갈리고 꽃송이 속에서 요정이 튀어나오는 걸 본 것 같은 느낌에까지 사로잡히게 되었다. '예쁘다 아름답다' 정도의 수준을 넘어 존재 자체가 뒤흔들리는 충만감!

"엄마, 여기 오니까 먼지 같은 까만 마음이 다 사라지네. 노래가 절로 나와."

다울이가 호들갑스럽게 소리쳤고, 어느새 다랑이는 벌써 노래하고 있었다.

"꽃이 되었네, 꽃이 되었네, 온 세상이 다 꽃처럼 됐네~"(두세 해쯤 전에 산과 들에 봄꽃이 만개한 것을 보고 다울이가 즉흥적으로 이 노래를 불렀다. 그 뒤로 노랫말과 곡조를 약간 다듬어 노래를 완성하였고, 다랑이는 꽃만 보면 조건반사적으로

이 노래를 부른다.)

그렇게 우리는 다 함께 노래를 불렀고, 꽃밭에서 마음껏 놀았다. 그러다 보니 두려움이나 불안 같은 건 내 것이 아니었던 양 사라지고 없었다. 이렇게 꽃이 피었는데 무얼 걱정하랴. 이렇게 꽃과 함께 환한 봄이 오고 있는데 두려울 게 뭐 있나. 꽃송이가 꺼안고 있는 저 비움의 공간을 보라. 거기에 들어앉은 하늘빛을 보라! 꽃에서 나온 요정이 속삭이기라도 한 것처럼 살랑이는 말씀이 내 마음에 빛으로 새겨졌다. 비움을 두려워 말라! 그러니 아쉬워 말고 비우는 김에 구석구석 남겨놓은 것까지 시원하게 싹 비우고 봄을 깊이 들이켜야지.

산에서 내려오는 길에 냇가에서 다슬기 한 주먹 잡고, 저수지 둑에서 달래 몇 뿌리를 캤다. 아직 이르긴 해도 산과 들에 나가 눈에 불을 켜고 살피면 이렇게 뭐라도 나온다. 앞서서 걱정할 게 하나도 없다. 그것으로 저녁에는 달래장 만들어 밥에 쓱쓱싹싹 비벼 먹으니 세상 부러울 게 없었다. 요 며칠 밥 먹는 게 시원찮았던 다랑이도 밥이 너무 맛있다고 자꾸만 더 달라고 해서 겨우 말려 숟가락을 내려놓게 했다. 달래 몇 뿌리의 위력이 이렇게 대단하다니!

내일은 물에 담가 해감을 한 다슬기로 된장국을 끓여먹을까?

군침을 꼴깍 삼키며 산에서 담아온 꽃불 환히 밝힌 채 봄을 맞이한다. 봄아, 빈 배로 쑤욱 들어오너라!

덤

복수초꽃밭에서 다울이가 말했다. 미운 사람을 여기 데려오면 좋겠다고, 그러면 아주 착한 사람이 될 거라고…… 꽃밭에서 내가 사랑하는 사람들만을 떠올리던 나는 그 말에 약간 충격을 받았다. 미운 사람에게도 꽃을? 하긴, 다울이 말마따나 제 아무리 악독한 사람도 꽃 앞에서는 본연의 심성을 되찾게 될지 모를 일이다. 그래, 그렇다면 진정한 복수는 꽃으로!

복수초의 '복福'은 행복을, '수壽'는 장수를 뜻해서 '영원한 행복'을 말한다는데, 원수를 되갚는다는 뜻의 복수가 되어도 무방하겠다는 생각이 든다. 눈과 얼음이라는 시련을 주는 혹독한 겨울에 대한 복수를 눈부신 꽃으로 하는 복수초, 우리도 그렇게 한다면 세상은 한결 아름다워지리라.

돼지감자와
친해지기

"엄마, 나 껌 먹었다!"

다랑이가 자랑스럽게 소리쳤다. 순간 누가 또 애들한테 껌을 줬구나 싶어 머릿속이 복잡해지며 미간을 찡그리는데, 다랑이 표정을 보니 나를 놀리는 재미에 흠뻑 빠져 있는 게 보였다.

"헤헤. 사실은 돼지감자 먹었지롱."

"돼지감자?"

"사랑방 마루에 가봤더니 벌써 다 말랐더라. 맛있는 건가 아닌가 한번 먹어보니까 껌 맛이야."

이렇게 말하며 주먹에 한가득 움켜쥐고 있던 돼지감자 말랭이를 보여주었다. 며칠 전에 뒷밭에서 캔 돼지감자 한 소쿠리를 씻어서 썰어 말려두었는데 그걸 먹으며 껌이라고 했던 거다. (과연 그런가 하고 나도 하나 집어먹어 보았더니 쫄깃쫄깃 씹히는 맛이 정말 껌이랑 비슷하다.) 무쇠솥에 볶아서 차로 끓여 마실까 했던 건데 그냥도 잘 먹는 다랑이. 하긴 내가 돼지감자를 썰고 있을 때도 맛있다며 잘도 집어먹던 녀석이다. 아, 나도 다랑이처럼 편견 없이 맛을 음미할 수 있다면!

솔직히 말해서 나는 돼지감자랑 별로 안 친하다. 그 첫 번째 이유는 생긴 것이 너무 흉측해서다. 처음 돼지감자를 캘 때 꼭 무덤을 파헤쳐 뼈다귀를 발굴하는 기분이 들었다. (돼지감자는 노르스름한 흰빛이 돌고 둥글거리며 미이라가 붕대를 친친 감고 있는 것처럼 줄무늬가 새겨져 있다. 멋모르는 사람한테 '뼈다귀다!' 하고 던져주면 아마 십중팔구는 깜짝 놀라고 말 거다.) 보통 감자나 고구마를 못생겼다고 하는데 그것들은 돼지감자에 견주면 훌륭하기 이를 데 없다. 적어도 나한테는 돼지감자야말로 못생기고 괴상한 작물의 대표 명사다.

두 번째 이유는 돼지감자에서 나는 특유의 냄새가 싫어서다. 아주 강하지는 않지만 약간 비릿하고 느끼한 냄새가 나는데 그게 영 거북스럽다. 가뜩이나 생긴 것도 비호감인데 냄새까지 풍기니 더 고약하게 느껴진달까? 생으로 베어 물면 무나 야콘처럼 달큰하고 시원한 맛인데, 뒤이어 느껴지는 독특한 냄새에 애써 먹어보려던 마음이 달아나고 만다. 그러면서 내 속으로 그런다. '옛날에 돼지감자가 구황 작물로 여겨졌던 까닭이 있구나. 어지간히 배가 고프지 않고서야 먹고 싶은 맛이 아니야. 제아무리 몸에 좋다 해도 이건 영……'

그럼에도 돼지감자에겐 나름의 매력이 있다. 따로 심을 것도 없이 씨가 한두 알만 땅에 남아 있어도 삽시간에 번지고, 별다른 거름기가 없어도 땅속에 굵은 알을 주렁주렁 매단다는 것! 비유컨대 불로소득의 짜릿함을 안겨주는 대견한 작물이며, 게으른 자도 굶어죽는 일이 없게 하기 위한 하느님의 특별 선물이 아닐까 한다. 우리가 음식을 통해 받아들이고자 하는 게 그와 같은 끈질긴 생명력임을 떠올린다면 돼지감자를 멀리 내쳐서 될 일이 아니다. (그렇다고 고膏를 낸다든지 환으로 만들어 굳이 약처럼 복용하고 싶지는 않다.)

그리하여 편견을 내려놓고 돼지감자와 친해지기 위한 작업에 들어갔다. 먼저 내 자신을 설득하기 위한 의미화 작업, '구렁덩덩신선비'라는 옛이야기를 떠올려보았다. 그 이야기에 보면 옆집 할머니가 낳은 구렁이를 보고 첫째딸과 둘째딸은 징그럽다며 달아나지만 셋째딸은 '구렁덩덩신선비님'이라 반기며 결혼 상대자가 되어달라는 청에 선뜻 응하지 않는가? 그리고 과연 구렁이는 결혼 첫날밤에 허물을 벗고 잘생긴 선비의 모습으로 변한다. 편견 없이 끌어안으면 그렇듯 새로운 존재로 탈바꿈을 하고야 마는 거다. 나를 도와주고 나를 빛나게 하는 존재로……

맛의 세계 또한 그와 다르지 않다고 본다. 내게 익숙한 맛과 향이 아니라고 해서 싫어하고 멀리하면 내가 차려내는 밥상은 닫힌 밥상이 된다. 새로워질 가능성을 닫아버리고 어제 오늘 내일이 거기에서 거기인 무료한 밥상…… 내가 테두리를 정해놓은 맛의 세계에서만 환희를 찾는 소심한 밥상…… 사실 그 틀을 깨기는 쉽지 않다. 그동안 길들여져 온 혀끝의 감각이라는 게 얼마나 강력한지 입맛을 바꾸는 건 대단히 혁명적인 일인지도 모른다.

하지만 그렇다고 해서 갇힌 상태에 머물러 있으면 밥상은, 그리고 삶은 점점 앙상해진다. 그뿐만 아니라 자칫하면 어떤 공식에 얽매어 레시피 안에서만 답을 찾는 어리석음에 빠질 수도 있고, 그게 삶의 방식까지도 좌지우지하기 십상이다. ('아니, 누가 김밥에 머위나물을 넣어?' '미역국은 소고기로 끓여야 제맛이지!' 같은…… 그와 같은 선입견이 강한 사람일수록 정상적인 삶이라고 하는 환상 속에서 본연의 삶을 실종시킨다든가 나와 다른 방식의 삶을 사는 사람을 멸시한다든가 하는 오류에 빠지기 쉽다고 본다.)

따라서 나는 위와 같은 의미화 작업(자기 세뇌 노력)에 힘입어 맛의 세계 또한 개척해 나아가기로 마음먹었다. 어떻게? 오늘 내 앞에 주어진 돼지감자를 요리하는 방식으로 말이다. 그리하여 께름칙한 기분을 떨치고 돼지감자를 깨끗이 씻어서 각종 요리에 활용하였다. 된장국이나 김치찌개에 조금씩 넣어서 먹고, 생채로 무쳐 먹거나 샐러드에 넣어 소스와 버무려 먹고, 오뎅 볶음을 할 때 채 썰어서 함께 볶고, 잡채에도 넣어 먹고, 짜장이나 카레에도 넣어서 끓이고…… 그랬더니 먹을 만하다.

내가 한 음식이 아니라 누가 해다 준 음식이라면 솔직히 돼지감자가 있는지 없는지 눈치 채지 못하고 더 맛있게 먹었을 거다. 아직은 내 안의 께름칙함을 다 털어내지 못한 터라 그 맛을 온전히 누리지는 못하지만 자꾸자꾸 먹다 보면, 그렇게 익숙해지다 보면 언젠가 돼지감자를 바라보면서도 침을 꼴깍 삼키게 되겠지. 이 쓴 걸 왜 먹나 하고 눈을 질끈 감고 먹었던 머위나물이 지금은 달게 느껴지는 걸 보면, 돼지감자와 친해지려는 노력이 결코 헛되지는 않을 것이다.

꽃을 먹고
산다네

　　　　　　　　　　　마당에 서서 둘레둘레 주위를 둘러보기만 해도 하염없이 기쁨이 차오르는 계절이다. 산에는 산벚나무꽃, 돌복숭아꽃, 집집마다 개나리꽃, 동백꽃, 들판에는 개불알꽃, 광대나물꽃, 애기똥풀꽃…… 밭을 갈지 않는 우리 집은 더욱이 꽃이 지천이다. 은방울꽃, 냉이꽃, 배추꽃, 목련꽃, 민들레꽃, 딸기꽃, 보리수나무꽃…… 온갖 꽃들과 눈을 마주치고 있자면 '천국이 별 거냐, 여기가 바로 천국이지' 하는 생각이 들 정도다.

　이러한 때 특히나 내 눈길을 잡아끄는 꽃이 있으니 바로 골담초꽃, 벌들에게 유독 인기가 많은 꽃이라 자꾸 호기심이 일었다.

　'꿀이 얼마나 많이 들었기에 벌들이 저렇게 환장을 하고 달려

들지? 한번 먹어볼까?'

사실 꽃을 보면 눈으로 보는 데 그치지 입에 넣어볼 생각까지는 안 하는데 이상하게 이 꽃은 먹고 싶은 마음이 들었다. 하여, 한 송이 따서 먹어봤더니 내 짐작이 틀리지 않았다. 정말 달다. 아사삭 씹는 순간 달큰함이 전해진다. 쓰거나 떫은 맛도 없다. 벌들이 달려드는 데는 그만한 까닭이 있었다. (지난해까지만 해도 이 꽃을 생으로 따 먹을 생각은 못하고 말려서 차로 마실 생각만 했다. 하지만 날것 그대로 맛을 보니 간식으로 따 먹거나 샐러드에 넣어 먹어도 좋겠다는 생각이 들었다.)

마침 다랑이가 가까이에서 놀고 있기에 살그머니 불렀다.

"다랑아, 이 꽃 좀 같이 따자. 꿀이 잔뜩 들어서 정말 맛있어."

"와! 나도 한번 먹어볼래."

먹는 거라면 사족을 못 쓰는 다랑이가 한 송이 먹어보더니 예상대로 눈이 동그래졌다. 그러더니 연거푸 몇 송이를 더 따 먹는다.

"엄마 이거 바나나 꽃이야? 바나나 맛이 나네. 형아는 이 맛도 모르고 책만 보고 있어."

"그래? 그럼 가서 형아도 불러와. 꽃 맛 좀 보라고……"

그리하여 다울이까지 불려와 꽃 맛을 보았다. 꽃 맛을 본 까시남(까칠한 시골 남자) 다울이의 소감은?

"나는 이 꽃을 꿀담초라고 할래. 정말 꿀맛이네. 약간 비린 맛이 나긴 하지만 말이야."

역시나 예민하고 섬세한 입맛. 하지만 그럭저럭 먹을 만하다는 데는 동의한 눈치다. 신이 나서 꽃을 따는 걸 보면 말이다. 그 덕분에 나는 꽃 따는 일은 아이들에게 맡기고 구기자 순, 부추, 당귀 같은 다른 푸성귀를 따고 당근도 몇 개 캐서 부엌으로 돌아왔다. 그리고는 샐러드 소스로 두부크림을 만들어두고 아이들을 기다렸다.

얼마나 시간이 흘렀을까. 아이들이 너무 조용해서 할 수 없이 골담초 나무 있는 데로 나가보았다. 애들이 아직 소식이 없는 건 꽃 따다가 딴 데로 샌 게 분명하다는 확신에 차서 말이다. 그런데 내 예상과 달리 아직도 꽃을 따고 있는 게 아닌가? 지루한 줄도 모르고.

"아직도 꽃 따는 거야? 그만하면 됐어. 어서 들어와."

"그릇에 꽉 찰 때까지만…… 이제 얼마 안 남았어."

꽃송이가 작은 편이라 양이 쉽게 늘지 않는데 아이들은 정말 국그릇 하나 가득 따왔다. 그것으로 두부크림 소스에 샐러드로 버무려 먹었는데 꽃 덕에 밥상이 다 환해진다. 평소 보기 좋은 밥상 차리는 데는 영 솜씨가 없는 편인데, 이런 나도 화사한 밥상을 차릴 수 있다니…… 어깨를 으쓱하며 꽃샐러드를 입에 넣으니 정말 내가 우아한 사람이 된 기분이 들었다. 이슬을 마시고 꽃으로 밥을 삼는 선녀라도 된 느낌이랄까? (어쩐지 밥도 좀 우아하게 먹어야 할 것 같아 평소보다 천천히 꼭꼭 씹어 삼키려 했는데 물론 계획대로 되지는 않았다. 우리 집엔 밥상 탐험가 다나가 있어서 말이다. 요즘 한창 재앙 부릴 때라 밥상만 보면 달려들어 반찬을 쑤시고 만지고 밥그릇까지 뒤집어엎는 바람에 그걸 제지하다 보면 밥이 코로 들어가도 모르기 십상이다.)

샐러드에 넣고 남은 꽃이 또 상당했다. 이것으로는 또 무얼 해먹나? 마침 간식으로 떡케이크를 찌려던 차에 문득 꽃떡을 쪄 먹어볼까 하는 생각이 스쳤다. 언젠가 우리 조상들의 생활사를 기록한 책에서 찔레꽃이 한창일 때 찔레꽃을 넣어 시루떡을 해먹었다는 내용을 읽은 기억이 났기 때문이다. 찔레꽃으로 떡을 찐다면 골담초꽃으로는 못할까 싶어 혹시나 하고 인터넷으로 검색을 해봤더니 아니나 다를까, 골담초꽃으로 떡을 쪄 먹는다는 내용도 찾을 수 있었다. (역시 하늘 아래 새로운 건 없다. 다만 '한다더라' 알고만 있는 것과 '나도 해보자' 달려드는 것, 두 가지 길이 있을 뿐!)

그리하여 용기를 내어 달려들었다. 체에 내린 쌀가루에 꽃을 넣고 버물버물…… 쌀가루와 어우러진 꽃빛이 얼마나 고운지 눈이 먼저 황홀경에 빠진다. 그뿐인가, 쌀가루를 다루는 손은 성스러운 이를 모시는 듯 평소보다 훨씬 더 조심스럽다. 만약 '요리 치유' '요리 예술'이라는 분야가 있다면 오늘 내가 하는 이 작업이 바로 그것이리라. 아름다움을 보고, 아름다움을 만지고, 아름다움으로 요리하고…… 그렇게 해서 아름다움이 되고! (부엌에선 나의 외관은 비록 남루할지언정 나는 그렇게 안으로 빛나고 있다. 나는 그 사실을 믿어 의심치 않는다. 그것은 누가 뭐라 해도, 어떤 바람이 분다 해도 결코 흔들리지 않는 자존감이다. 이름하여 부엌데기 정체성!)

떡을 쪄놓고 꽃을 꽂아 손쉽게 장식한 뒤에 아이들을 불렀더니 다랑이가 노래를 부르며 달려온다.

"나의 살던 고향은 떡 피는 산골~~~"

의도적인 개사인지 정말로 떡 피는 산골로 알고 있는 것인지 모르겠지만 그 노랫말에 절로 웃음꽃이 핀다. 또한 세 아이들이 꽃떡 진짜 맛있다며 와구와구 먹어대는 걸 보니 내 마음도 꽃처럼 피어난다. 아, 이게 바로 꽃 맛인가?!

산딸기
천국

이맘때면 딸기 이야기를 안 하고 넘어갈 수 없다. 아침에 눈뜰 때부터 해질 무렵까지 수시로 딸기밭을 들락거리며 딸기를 따 먹는 건 굉장히 짜릿한 체험이기 때문이다. 처음엔 한두 알이 익어 딸기 한 알도 넷이서(다울, 다랑, 다나, 나) 조금씩 쪼개어 나누어 먹었다면, 요즘은 딸기 수확이 늘어서 하루에 두세 주먹씩은 딴다. 그러자 아이들에게는 새로운 바람이 생겼다.

"엄마, 이걸로 딸기 주스 만들어 먹고 싶어."

"좋아, 그럼 이 그릇에 딸기를 모아서 가져와."

따는 족족 입으로 넣던 아이들은 먹고 싶은 것을 꾹 참고 딸기를 그릇으로 하나 가득 모아왔다. 그걸 식탁 위에 올려놓고 점심 먹은 뒤에 주스를 만들기로 했는데, 다랑이가 몰래 와서 하나둘 먹고, 다나가 보챌 때마다 한두 알씩 입에 넣어주니 어느새 그릇이 허전하다. 그 사실을 알아챈 다울이가 가만히 있을 리가 없다.

"뭐야? 누가 딸기 다 먹었어? 박다랑 너지?"

"다나도 같이 먹었다고."

"딸기 주스 만들기로 해놓고 다 먹으면 어떻게 해!"

"또 따면 되지! 행아는 나쁜 잔소리쟁이!"

그렇게 싸움이 붙어서 토닥거리는 통에 분위기가 아주 사나워졌다. 내가 아무리 잔소리를 하고 야단을 쳐도 둘 사이 신경전은 끝나질 않고 결국 딸기 쟁탈전이 벌어졌다. 서로 딸기를 빼앗기지 않으려고 안 익은 딸기까지 먼저 따먹는 사태가 발생한 것이다. 하도 어이가 없어서 나도 소리를 꽥 질렀다.

"잘 익어야 더 맛있는 거 몰라? 딸기가 더 기다려달라고 하는 소리가 안 들려? 너희들 자꾸 그러면 딸기밭 요정 할머니가 더는 딸기를 안 보내주실지도 몰라!"

그렇게 해서 억지로 상황을 진정시킨 뒤에 함께 저수지 둑에 가보자고 했다.

"산딸기 있나 없나 가보고 오자. 뽕나무에 오디 익었는지도
보고……"

산딸기도 산딸기지만 몸을 움직여 산에 가서 뭉친 감정을 흩
뜨리고 새로운 기운을 얻어오기 위함이었다. 그러니까 산딸기는
아이들을 일으켜 세울 핑계거리였을 뿐 진짜 목적은 아니었다.
(왜냐, 며칠 전에 산딸기 따 먹으러 갔을 때만 해도 따먹을 만한
변변한 알맹이가 없었기 때문이다. 알이 너무 작거나 안 익어서
단단한 거, 벌레가 빨아먹어 쪼그라든 게 대부분이었다. 올해는
산딸기가 흉년인가 싶게 너무나 보잘것없었다.)

한데 이게 웬일인가! 며칠 사이에 사정이 달라져 있었다. 여
기서 반짝, 저기서도 반짝반짝…… 먹음직스러운 알맹이가 주렁
주렁한 거다. 다울이도 나도 깜짝 놀라 소리쳤다.

"우와, 산딸기 천국이다!"

그렇다. 우리 눈앞에 산딸기 천국이 펼쳐져 있었다. 저수지
둑 아슬아슬한 비탈 곳곳마다 산딸기 붉은 알들이 밝게 빛나며
손짓을 했다.

"어서들 와요. 기다리고 있었어요. 마을에서 산딸기를 따 먹
을 사람은 당신들뿐이에요~"

그 목소리는 아주 매혹적이었다. 그러나 워낙 경사가 심하고

산딸기나무 가시덤불이 마구 뒤엉켜진 상태라 산딸기를 따기가 쉽지는 않을 것 같았다. 용감한 왕자가 공주를 구하듯이 산딸기를 따려면 배짱과 용기가 필요했다.

"얘들아, 위험하니까 여기서 기다리고 있어. 엄마가 따올게."

"나도 따고 싶어."

"안 돼. 잘못하면 크게 다칠 수도 있어."

"엄마, 나는 엄마보다 비탈을 더 잘 타잖아."

어떻게 말릴 수가 없어 다울이랑 같이 비탈길을 따라 내려가 산딸기를 따는데 우거진 숲 가시덤불 속에서 산딸기를 따내기란 결코 만만한 일이 아니었다. 그렇지만 탱글탱글 달콤한 빨간 열매를 아이들 입에 넣어줄 생각에 스파이더맨처럼 아슬아슬하게 바닥을 딛고 선 채 발바닥에 힘을 빡 주고 한 알도 놓치지 않으려고 정신을 집중하면서 작업을 수행했다. 내 등 뒤에 업혀 있는 다나는 좋다고 엉덩이를 들썩거리고 다울이는 콧노래를 흥얼거리고……

아슬아슬하면서도 신이 나서 어쩔 줄 모르는 가운데 가지고 간 작은 그릇에 산딸기가 가득 담겼다. 이제는 여분으로 가지고 간 비닐봉지에까지 딸기를 담아 넣고 있는 있는데 저수지 둑에서 기다리고 서 있던 다랑이가 자꾸 나를 불렀다.

"엄마, 언제 와? 나도 딸기 따고 싶어."

"조금만 더 기다려. 내려온 김에 다 따고 가야지."

내가 다랑이를 말로 달래고 있는데, 다울이가 다랑이를 향해 곧장 튀어 올라가며 이렇게 말했다.

"다랭아, 형아가 산딸기 가지고 간다. 너 주려고 크고 맛있게 생긴 것만 모았어."

그러더니 금세 다랑이 곁에 올라가 한 움큼 손에 넣은 것을 내밀고는 사이좋게 산딸기를 나눠 먹는 거다. 자기들이 언제 싸웠냐는 듯이 다정한 모습으로.

산딸기를 입에 넣는 아이들 표정에서 사랑에 빠진 이의 행복감 같은 것이 뚝뚝 묻어나는 듯했다. 저 아이들은 지금 산딸기와 사랑에 빠진 것이다. 그건 내 등 뒤에서 산딸기를 받아먹으며 소리를 까악까악 질러대는 작은 아가씨도 마찬가지일 터! 우리 넷은 그렇게 천국을 경험했다. 하늘 어머니 아버지가 베풀어주신 큰 사랑을 느끼며.

그리고 보면 산딸기는 우주의 은총과 접속하게 하는 작고 앙증맞은 입구 같은 것인지도 모르겠다. 가시덤불이라고 하는 험난한 관문을 통과해서 보석 같은 열매를 손에 쥐고 입에 넣는 순간 다함없고 막힘없는 큰 사랑을 느끼게 하는, 그렇게 해서 우리 자신이 사랑과 한 몸 되게 하는……

산딸기 덕분에 활짝 웃고 더불어 흥겹게 노래 부르는 우리 아이들이 그 사실을 바로 증명하고 있지 않은가? 그러니 산딸기는 한낱 주전부리 간식 정도의 의미가 아니다. 돈 주고는 살 수 없는 어마어마한 사랑, 천국의 열쇠 같은 것이다.

불미나리
대소동

"여그서 풀 잔 뜯어가야겠다, 우
리 닭 주게……"

앞집 할머니가 우리 집 텃밭에서 풀을 한 움큼 뜯으며 말씀
하셨다.

"아니, 왜 여기서 풀을 뜯어가세요? 아주머니 밭에는 풀도 없
어요?"

"읎어. 다 약 쳤어."

"닭 줄 풀도 안 남기고 약 치셨어요? 풀이 웬수도 아니고 도
대체 왜……"

"웬수여, 풀은."

할머니는 조금의 의심도 없이 풀을 '웬수'라 했다. 풀이 뭘 그렇게 잘못했다고 논둑 밭둑은 물론 집 둘레, 담벼락에 난 풀에까지 제초제를 뿌릴까? 농사짓는 데 걸림돌이 되는 풀은 어쩔 수 없다고 치자. 한데 풀이 보이는 족족, 설사 그것이 자기 집 농작물이 자라는 데 아무런 영향이 없는 곳의 풀이라 해도 가만히 두고 보지 못하는 걸 보면 이건 지독한 결벽증 수준이 아닌가 싶다.

사실 원수의 정체를 낱낱이 밝혀보면 약초이자 화초가 대부분이다. 민들레, 왕고들빼기, 개망초, 우슬초, 쑥, 익모초, 달개비, 명아주…… 텃밭 농사가 변변치 않은 우리 집에서는 그것들에 의지해 밥상을 차려낼 때가 많다. 재배 채소에 비해 씁쓸하고 뻣뻣한 느낌은 있어도 먹어보면 먹을 만하고 먹다 보면 익숙해진다. 화분에 담아 따로 기르거나 꽃씨를 심어 가꾸지 않아도 때 되면 절로 꽃 구경까지 시켜주니 얼마나 기특한지! 그뿐인가, 책을 찾아보거나 인터넷 검색을 해보면 심고 돌보지 않아도 그냥 나는 것들이 약성도 뛰어나다고 한다.

그럼에도 원수 대접을 받는 온갖 풀들…… 나는 이름도 없이 싸잡아 풀이라 불리며 천덕꾸러기 신세를 면하지 못하는 풀들이 남 같지 않아 마음이 불편하다. 제초제 맞고 흉측한 모습으로

서 있는 풀들 곁을 지날 때면 이것이 무단학살과 무엇이 다른가 싶어 소름이 돋기도 한다. 항상 일손이 모자란 농촌 현실상 어쩔 수 없는 노릇이라고 해도 그래도 이건 좀……

얼마 전에 마을에 한바탕 큰 소동이 있었다. 마을 어귀 큰 논 수로 근처에 불미나리 군락지가 있는데, 마을 할머니 한 분이 지나가다가 그걸 뜯은 거다. 한데 다음날, 그 논 주인 할아버지가 불미나리에 약을 쳤다는 사실이 밝혀졌고, 미나리를 먹은 할머니는 어쩐지 아랫배가 아프다며 서둘러 병원에 가셨다.

"하도 시퍼러니 맛있어 보이길래 말이여. 텔레비서 봉께 불미나리가 약이라 그라다만. 설마 거그까지 약을 쳤을까 했제."

마을 사람들 여론은 둘로 나뉘었다. "왜 쓸데없이 수로에까지 약을 치나?" 대 "미나리 한 다발 사 먹고 말지 왜 아무데서나 뜯어 먹냐?" 만약 약 때문에 큰 사고가 생긴 경우 책임 여부를 어떻게 따져야 하느냐를 두고 걱정이 이어지기도 했다.

다행스럽게도 병원에 간 할머니는 큰 탈이 없다는 진단을 받고 돌아왔다. 속이 메슥거리거나 토하지만 않으면 괜찮다고…… (정말 괜찮을까?) 할머니는 찝찝해서 죽는 줄 알았다며 다시는 수로 근처 미나리는 쳐다보지도 않을 거라고 다짐했고, 그렇게 해서 마을 사람들 모두 다시 한 번 "자나 깨나 약 친 자리 조심,

시퍼런 미나리도 다시 보자!"란 교훈을 얻게 되었다. (미나리는 제초제를 쳐도 어지간해서는 죽지 않는다고 한다. 그러니 시퍼래도 다시 보아야 한다.)

그 일이 있고 다음날 나는 아이들과 함께 논에 갔다. 몇 해 전에 신랑이 우리 논 윗배미에 불미나리를 몇 포기 캐다 옮겨 심어놓았는데, 그게 번져서 지금은 미나리꽝이 되었기 때문이다. 불미나리 소동으로 불미나리가 더욱 먹고 싶어진 나는 그곳에서 미나리를 한 보따리 캤다. 그뿐 아니라 논둑에 있는 머위 군락지에서 머윗대도 한 다발 하고, 논둑에서 쑥도 베었다. 그렇게 해서 가지고 간 손가방을 잔뜩 채우고 집에 돌아와 쑥은 쑥떡 하려고 말리고, 머윗대는 손질(데쳐서 껍질 벗기기)해서 카레에 넣고, 미나리는 데쳐서 나물로 무쳤다. 미나리가 뻣뻣하고 질겨서 먹기에 괜찮을까 반신반의하면서 말이다,

그랬는데, 그랬는데 말이다, 미나리나물이 기가 막혔다, 올해 내가 무쳐먹은 나물 중에 단연 최고라고 할 맛이었다. (된장, 참기름, 매실효소, 감식초 적당히 넣고 무쳤는데 생각보다 질기지도 않고 씹으면 씹을수록 향긋하고 고소한 것이 고기보다 맛있는 고기 같았다. 오징어 하나 안 들어 있는데도 어떻게 고기 맛이 나지?) 너무 맛있어서 연달아 세 번을 무쳐먹고 한 번은 불

미나리 부침개를 해먹었는데 그것 또한 별미였다. 먼 데서 특별한 약이나 음식 찾을 거 없이 미나리꽝 하나만 가지면 누릴 수 있는 이 행복!

왜 시골 사람들이 행복을 곁에 두고도 거기에 약칠을 하는지 안타까운 노릇이다. 조금만 다른 눈으로 새롭게 볼 수 있다면, 웬수라고 낙인찍지 않고 친구로 삼는다면, 그러면 얼마나 좋을까? 그렇게 된다면 낙원을 멀리서 찾지 않아도 될 텐데…… 집 앞에 있는 불미나리를 두고 마트에 가서 미나리를 사 먹는 일은 없을 텐데……

가만히 생각해 보면 인간은 에덴 동산으로 대표되는 낙원에서 추방당한 것이 아니다. 스스로 낙원을 부순 거다. 낙원이 낙원인 줄 모르는 무지 때문에. 아무쪼록 더 늦기 전에 낙원을 낙원으로 알아보는 눈을 키울 수 있으면 좋겠다. 그리하여 온갖 풀들이 어우러져 한결 생동감 있는 논과 밭이 되기를! 거기에서 안심하고 맛있는 행복을 찾을 수 있게 되기를!

때로는
부드러운 죽이 되어

단비가 내렸다. '행여나 온다고 하고 안 오면 어쩌지? 찔끔 오다 마는 거 아니야?' 하는 온갖 걱정을 무색케 하며 짜락짜락 쏟아졌다. 비만 오면 걱정이 없겠다 했으니 정말 걱정이 없구나 했는데 이게 웬일, 이번엔 두드러기 사태다. 낮잠 자고 일어난 다랑이가 "엄마, 너무 가려워" 하면서 이마를 득득 긁으며 일어나 나오기에 쓰윽 봤더니 이마에 커다랗게 모기 물린 자국 같은 게 보이는 게 아닌가? 곧이어 배를 긁기에 옷을 들춰보니 배 여러 곳도 벌겋게 부어오른 채 모기 물린 자국 같은 게 잔뜩 올라와 있었다.

해서, 처음엔 모기나 개미한테 물린 게 아닐까 생각했는데 그와는 양상이 달랐다. 가려운 부위가 수시로 달라지며 여기가 가려웠다 저기가 가려웠다 장소를 옮겨 다니는 것이다. 재작년에 다울이가 말벌에 쏘인 적이 있는데 그때 다울이 몸에서 보인 반응(몸이 붓고 미열이 난다. 두드러기가 나왔다 들어갔다 하며 유동적으로 옮겨 다닌다)과 아주 흡사했다. 그렇다면 강한 독에 대한 몸의 방어 반응이라는 건데 대체 원인은 뭐지?

나는 순식간에 탐정 모드로 돌입, 두드러기 원인을 밝혀내기 위해 지나간 시간을 더듬어보았다. 먼저 뭐 잘못 먹은 것이 있는지부터 살펴보자. 점심에 무얼 먹었지? 밥, 된장국, 김치, 푸성귀 샐러드…… 아무리 생각해도 별다를 게 없었다. 아침 메뉴와 전날 저녁 메뉴까지 추적해 보고 혹시나 맛이 간 음식은 없었나 돌아보았지만 딱히 떠오르는 게 없었다. 만약 음식이 원인이라면 함께 밥을 먹은 다울이나 다나에게도 증상이 나올 텐데 두 아이는 멀쩡하지 않은가? 그렇다면 정말 벌한테 쏘이기라도 했나?

"다랑아, 혹시 벌한테 쏘이거나 벌레한테 물린 적 있어?"

"어, 이빨이 뾰족뾰족한 간지럼 벌레가 나를 콱 물었어. 내가 엄마 집에 도망갈라고 했는데 가면 안 된다고 하면서 막 괴롭히고 바늘로 찌르고. 남자컷(수컷)이랑 여자컷(암컷)이 다 나와서 내 몸에 달라붙었는데……"

다랑이는 괴물처럼 등장한 간지럼 벌레 얘기를 끝도 없이 생생하게 전달했지만 그 말을 곧이곧대로 들을 수는 없었다. 아직 다랑이는 꿈과 현실 세계 모두에 발을 담그고 있는 '요정의 시간'을 살고 있으므로. 그리고 만약 벌한테 쏘이기라도 했다면 아프다고 난리가 났을 텐데 그런 일도 없었지 않은가? 그렇다면 다른 원인이 있다는 말인가? 대체 무엇이지?

꼬리에 꼬리를 무는 질문을 품고 두드러기 원인과 치료법에 대해 인터넷 검색을 해보던 나는 원인을 아는 두드러기보다 원인을 모르는 두드러기가 훨씬 더 많다는 걸 알게 됐다. 그리고 그것이 대체로 스트레스로 인한 면역력 약화와 이어져 있다는 사실도…… 그제야 나는 무릎을 치며 '아하!' 했다. 그거였구나. 결국 원인은 애.정.결.핍!

사실 지난 며칠 동안 내가 다랑이를 야단치는 일이 잦았다. 다나를 등에 업고 일을 하고 있으면 "엄마는 왜 다나만 업어줘? 나도 어부바해 줘" 하며 눈을 흘기는 다랑이, 다나가 내 품에 안겨 있으면 은근슬쩍 발로 밀어버리고 내 품을 차지하며 "엄마, 엄마" 혀 짧은 소리로 아기 흉내를 내는 다랑이, 자기 아기 때 사진을 들고 다니며 "너무 귀엽다. 나 다시 아기 되고 싶어. 아기 되려면 어떻게 해야 해?" 하고 집요하게 묻는 다랑이…… 그런 다랑이가 못마땅해서 자꾸 으르렁거리며 다그치기만 했다.

"야, 이제 그만 좀 해. 너는 아기가 아니잖아. 앞을 보고 쑥쑥 자라야지 왜 자꾸 뒤를 보냐고…… 그동안은 엄마도 참을 만큼 참고 받아줄 만큼 받아줬어. 근데 그러면 그럴수록 네가 더 어리광쟁이가 되는 것 같아서 안 되겠어. 앞으로는 어부바도 안 해줄 거고, 아기처럼 말하면 네 말도 안 들어줄 거야."

나는 아주 단호하고 엄격한 표정으로 다랑이를 대했다. 그래야지 못된 버릇을 바로잡을 수 있을 거라고 생각했다. 하지만 결과는? 보다시피 애를 괴로움의 도가니로 몰아넣었다. 나의 차가운 말투와 딱딱한 표정, 엄한 행동이 다랑이에겐 독이나 다름없었던 것이다. 평소보다 약해진 상태라 자꾸만 내 품에 들어와 치대는 거였는데 그런 아이를 보듬어주기보다 으름장을 놓았으니…… 돌아보니 나는 또 '내가 옳다' '나도 할 만큼 했으니 더는 못 참는다'라는 생각에 사로잡혀 아이를 생명의 결대로 대하지 못하고 우악스럽게 다루고 있었던 게 아닌가 싶다.

두드러기 덕분에 정신이 번쩍 든 나는 이제까지와는 전혀 다른 상냥하고 부드러운 엄마가 되기로 했다. 자꾸자꾸 안아주고, 다랑이 얘길 흥미진진한 얼굴로 들어주고, 말끝마다 '우리 이쁜이~'라고 불러주고, 다랑이만을 위한 노래와 이야기도 만들어주고, 날마다 탱자 물로 목욕 놀이를 시키며 온갖 부탁을 다 들어주고…… 그러자 다시금 자신을 사랑받는 존재로 느끼기 시작한 다랑이가 행복이 뚝뚝 묻어나는 얼굴로 나에게 속삭였다.

"엄마, 엄마가 예쁘게 말하니까 꼭 이모 같아. 내가 크면 엄마한테 빵 사줄 거야. 근데 이거 비밀이야, 비밀!"

사실 나도 놀랐다. 내 속에도 이렇게 부드럽고 친절한 얼굴이 있었나? 내가 이 정도로 인내심 있게 다 참아낼 수 있는 사람이었나? 물론 불쑥불쑥 우악스런 얼굴이 튀어나오려고 할 때도 있었지만 꽤 잘 참아내며 다랑이를 보살폈다. 내 감정 내 기분보다 아픈 아이가 먼저니까. 아이가 아플 땐 나를 지키는 것보다 너를 살리는 것이 더 중요하다는 사실을 뼛속 깊이 깨닫게 되니까. 그래서 한계에 다다를 때마다 내 그릇을 넓히는 시간이라 여기며 내 것을 다 단념하고 아이를 위해 다 바치게 되었다. 어떻게 사람이 변하냐고 하는데, 아이는 기어이 엄마를 변하게 하고야 마는 것이다.

밥상 또한 마찬가지다. 다랑이를 위해 밥 대신 죽을 쒔다. 소화 잘되고 해독도 되라고 하루는 녹두죽, 하루는 팥죽을 쒀서 먹였다. (내가 죽을 끓이는 방식은 이렇다. 불려서 싹을 틔운 현미에 녹두나 팥을 듬뿍 넣고 물을 넉넉하게 부어 압력솥에 밥을 짓는다. 다 된 밥을 도깨비 방망이나 믹서로 들들 갈아서 입자가 곱게 갈리면 거기에 물을 더 넣고 적당한 묽기로 끓이는 거다. 이렇게 하면 현미로도 부드러운 죽을 끓일 수 있다.)

죽을 끓이며 나는 생각했다. 들들 갈아 으깨지고 푹 끓여 뭉개지는 게 곡식 낟알만은 아닐 거라고…… 나의 아집과 판단, 뻣뻣함과 완고함도 함께 으깨지고 뭉개지고 있을 거라고…… 한마디로 온전히 내 것(내 감정, 내 시간, 내 생각)으로 살고자 하는 마음을 다 포기할 때 죽이 죽다워지는 게 아닐까?

죽이 뭔가? 죽은 약해질 대로 약해진 연약한 생명을 위한 특별 음식이다. 최대한 부드럽게 목을 타고 넘어가 온몸으로 스며들어야 한다. 너그럽게, 한없이 온화하게. 그러니 낟알은 죽기를 각오하고 제 존재를 박살내야 하는 것이다. 제 성질 죽이지 않고 누군가를 살릴 수는 없다! 그러고 보니 죽의 뜻이 참 높고도 높다. 내가 엄마가 아니었다면 어찌 죽어야 죽이 되는 이치를 알 수 있었을까?

아무튼 나는 이번 일로 제대로 배웠다. 아이에게 늘 죽만 먹여서는 안 되겠지만 때로는 부드러운 죽이 되어 아이 마음을 어루만져주어야 한다는 사실을 말이다.

보들이를 위한
미역국

우리 집 개 보들이가 엄마가 되었다. 마을 할머니들 말로는 개는 짝을 짓고 딱 두 달 만에 새끼를 낳는다는데 배는 진작부터 아주 무거워 보였기 때문에 오늘일까 내일일까 하루하루 조마조마한 심정으로 지켜보고 있었다. '개도 출산이 임박하면 몸이 무거운지 잘 움직이지도 않는구나. 얼마나 힘이 들까? 개도 새끼 낳을 때 많이 아프겠지? 첫 출산이라 모든 것이 낯설 텐데 잘 해낼 수 있을까?'

마치 내가 출산을 앞둔 것마냥 겁이 나고 떨렸다. 개들은 어떤 과정으로 어떻게 출산을 하는지 궁금하기도 하고, 내가 뭘 도와줄 수 있을지 여러 모로 마음이 쓰였다. 보들이와 내가 집짐승과 주인의 관계를 넘어 '생명을 잉태하고 낳고 기르는 존재'라는 동일한 처지로 엮이는 느낌이 들었기 때문일 것이다.

입장의 동일함은 관심과 배려를 낳는다. 그러다 보니 평소보다 보들이를 더 많이 쳐다보게 되고, 보들이가 나한테 뭔가 하소연하는 눈빛으로 나를 바라보고 있다는 걸 알게 되었다. 여기저기를 벅벅 긁으며 몹시 괴롭다는 듯이 말이다. 눈을 크게 뜨고 살펴보았더니 피를 잔뜩 빨아먹어 몸이 탱탱하게 부풀어 오른 진드기가 여기저기 붙어 있는 게 아닌가? 화들짝 놀라 신랑을 불렀더니 알았다고만 하고 끝이다. 개똥이 많이 쌓였으니 치워야 할 것 같다고도 말했는데 듣는 척도 안 한다. 참다못해 목소리를 높였다.

"가뜩이나 몸도 무거운데 진드기까지 극성이니 얼마나 괴롭겠어요? 얼른 진드기부터 잡아줘요. 그리고 새끼 낳기 전에 개똥도 싹 치워줘야지."

"평소엔 개한테 관심도 없더니 요즘 들어 왜 그래요? 그렇게 걱정되면 청라 씨가 직접 하면 되잖아요."

남자는 모른다. 만삭에 이른 여인(여견?)의 심정을. 그래서 내가 하기로 했다. 괜한 실랑이를 할 게 아니라 당장 보들이 몸과 마음을 편안하게 해주는 일이 최우선이 아니겠는가? 해서, 보기만 해도 징그러운 진드기를 보이는 족족 잡아서 죽였다. 보들이 털 사이에서 진드기를 뜯어내고 날카로운 돌로 눌러 툭! 또 툭! 툭툭툭! 진드기 몸이 툭 터지며 진득한 피가 나올 때마다 온몸에 전율이 일었다. 세상에, 이런 일까지 내가 해야 하다니. 눈을 질끈 감고 보들이가 수북하게 쌓아 놓은 똥도 치웠다. 내 새끼 똥 치우는 일만도 버거운데 개똥까지 내가 치워야 하다니. 아이고, 내 팔자야.

도망칠 수만 있다면 도망치고 싶었다. 더럽고 징그러운 일, 구질구질하고 역겨운 일…… 이런 일은 내가 안 하고 싶었는데 어쩔 수가 없었다. 보들이는 곧 엄마가 되니까. 만약 내가 보들이라면 누군가 이렇게 해주길 간절히 바랐을 테니까. (나 또한 출산을 앞두고 이 세상을 하직하는 사람처럼 온 집안을 정돈하고 몸을 씻었다. 그래서 보들이에게도 그와 같은 몸과 마음의 준비가 필요할 것만 같은 생각이 들었는지도 모르겠다.)

그리하여 마침내 줄곧 내리던 장맛비가 그치고 이틀째 되던 날 이른 새벽, 신랑이 마당을 왔다 갔다 하는 소리가 들렸다. 뭔가 일이 벌어졌음을 감지한 나는 잠결에 크게 소리를 쳤다.

"보들이 새끼 낳았어요?"

"어!"

그 소리에 용수철 튀어오르듯 벌떡 일어나 밖으로 나갔다. 죽은 듯이 자고 있던 다울이도 후닥닥 따라 나왔다. 우린 조심스럽게 보들이 집 앞으로 갔는데 보들이가 새끼 네 마리를 품고 있는 게 보였다. 쉬지 않고 새끼들을 핥아주면서……

"보들아 잘했다. 고생 많았어. 네 마리면 딱 좋지."

이렇게 이야기해 주고 얼마 뒤에 다시 가보았더니 한 마리가 더 있었다. 조금 뒤엔 두 마리가 더 있었다. 그렇게 출산은 오후까지 계속되어 최종적으로 아홉 마리가 되었다. 한 번에 아홉 마리라니, 게다가 끙끙거리는 소리 한 번 안 내고 담담하게! 아무리 생각해도 보들이가 너무나 대견스러웠다.

한데 마냥 좋아할 수만은 없었다. 나는 한 번에 하나씩만 낳고도 그렇게 애를 먹었는데 아홉 마리를 어떻게 키울까 싶었던 거다. 이 다음에 새끼들을 분양해야 할 텐데 그것도 걱정이고, 당장 보들이를 잘 먹여야 한다는 심적 부담감도 컸다. 강아지 탄생 소식에 오며 가며 강아지를 들여다본 동네 사람들이 다들 한소리씩 했던 것이다.

"밥 잘 해먹여야 써. 그래야 젖이 잘 나온께."

"젖 먹이믄 살이 쑥 빠져블어. 먹고 싶은 대로 많이씩 줘."

"에미 밥 해줄라믄 집이는 인자 죽어났다."

"뭐혀? 얼른 미역국부터 끓여줘. 개나 사람이나 똑같은 뱁이여."

그렇게 해서 강아지 구경할 틈도 없이 미역국을 끓여야만 했다. 개 주려고 끓이는 미역국이라니…… 기분이 참 묘했다. 해산한 딸을 돌보는 친정 엄마와 같은 마음이랄까? 국을 끓이는 내내 '이 미역국이 보들이 몸에 기운을 북돋아 젖이 잘 돌게 해주세요'라고 기도했다. 다나 낳고 젖이 모자라서 거의 6개월가량 고생을 했던 터라, 보들이만은 그런 아픔을 겪지 않기를 바랐다. 내가 낳은 자식을 먹여 살리지 못하는 것만큼 고통스러운 일은 없다는 걸 그 누구보다 잘 알고 있으니까.

아무리 생각해도 짐승이나 사람이나 먹고 살고, 먹고 먹여 살리고…… 삶의 고갱이는 그것뿐인 것 같다.

이제 보들이 또한 살기 위해 먹는다기보다 먹여 살리기 위해 먹는 단계로 진입했다. 그리고 나는 그런 보들이를 먹여 살려야만 한다. 때때로 진드기를 잡아주고, 그때그때 똥도 치워주면서 개 산후 도우미 역할을 충실히 수행해야 한다. 아홉 마리의 새 생명을 먹여 살리는 귀한 생명을 위해 내 생명을 헌납해야 하는 것이다.

내가 엄마가 아니었다면 이 역할을 감당할 수 있었을까? 누군가의 처지를 직접 겪어보지 않고는 속 깊이 이해할 수 없는 법, 나는 엄마를 살고 있기에 엄마 되는 존재들을 더 많이 이해하고 사랑할 수 있다. 그런 뜻에서 점점 더 낮은 자리로 나아가 기꺼이 밑거름이 되는 내 삶이 고달프긴 해도 자랑스럽다.

5

따끈따끈한
수박

　　　　　　　　　　목구멍으로 악 소리가 나오려고
하는 것을 가까스로 참아가며 여름을 났다. 아이가 셋, 강아지
가 일곱(원래는 아홉 마리였는데 어찌된 영문인지 두 마리가 죽었다), 휴
가철을 맞아 보름 가까이 손님치레…… 그러한 와중에 다랑이
가 심한 배탈이 나서 일주일 가까이 앓았으니 밥 지으랴, 개밥
하랴, 죽 끓이랴 도저히 정신을 차릴 수가 없었다. '괜찮아지겠
지. 이 여름이 아무리 가혹해도 오는 가을을 막을 수는 없을 거
야.' 나는 스스로를 다독여야 했다. 주저앉아 하루만, 아니 반나
절만 쉬고 싶었지만 쉬면 쉰 만큼 눈덩이처럼 일이 불어나 버린
다는 걸 아는 이상 어찌 쉴 수가 있나? 마음껏 쉴 수 있는 밤이

있음에 감사하며 젖 먹던 힘까지 끌어내 안간힘을 쓰다시피 하면서 얼마간을 살았다.

그러고 났더니 정말 가을! 하늘은 청명하고 아침저녁으로 온몸을 휘감는 찬 기운이 상쾌하다. 수풀을 헤치고 밭에 들어가 숨바꼭질 놀이를 하듯이 두리번거리며 토마토, 오이, 애호박, 가지, 피망 같은 것들을 따오는 재미는 얼마나 쏠쏠한지! 아이들도 수시로 밭에 들어가 옥수수를 따기도 하고 수박이 얼마만큼 컸나, 참외가 노래졌나 살피느라 바쁘다.

"엄마, 참외가 세 개인 줄 알았는데 네 개나 있네. 근데 언제 노래지지?"

"조금만 더 기다려보자. 날마다 조금씩 노랑이 짙어지고 있잖아. 잘 기다려야 더 맛있게 먹을 수 있어."

"엄마, 근데 이거 수박 맞아? 왜 이렇게 생겼어?"

"율 이모가 구해준 수박씨를 심은 건데, 멀리 헝가리란 나라에서 온 수박 씨앗이래. 줄무늬가 없어서 신기하지?"

아이들과 함께 수박 열매 구경을 하다가 그중 하나가 썩은 건지 엉덩이 쪽에서부터 까맣게 시든 듯한 모양으로 있는 것을 보았다. 익었을까 안 익었을까 딸까 말까 고민을 하다가 한낮의 더운 시간에 따서 들고 왔다.

땡볕 아래서 일광욕을 즐긴 터라 갓난아기 머리통만 한 수박도 따끈따끈…… 그 따끈한 덩어리를 아이들 없는 데서 몰래 쪼개어보기로 했다. 수박을 보면 군침부터 흘리며 달려들 텐데 행여라도 수박이 썩었거나 안 익었으면 실망할지도 모르니까. 해서 나 혼자 두근두근 떨리는 마음으로 수박을 쪼갰다. 쩌억, 짜잔!

다행스럽게도 수박이 익었다. 새빨갛지는 않아도 적당히 붉고 씨앗도 까맣게 여물었다. 일단 씨앗부터 추려내어 씻어서 말려놓고(왜? 내년에 또 심으려고), 수박 반 통은 신랑 몫으로 남겨두고 나머지 반통을 아이들 먹기 좋은 크기로 잘랐다.

"애들아, 수박 먹자!"

"와, 수박 익었어?"

"야호, 수박이다."

세 아이들이 무섭게 몰려와 수박 맛을 보는데 반응이 다 달랐다. 1번 박다울, 조심스럽게 한 입 베어 물고는 "맛있네" 한다. 큰 기대를 안 했는데 생각보다는 맛이 괜찮다는 반응이다. 2번 박다랑, 가장 큰 것을 움켜쥐고 먹더니 찡그린 얼굴로 "왜 안 달아?"라고 묻는다. 하루 전에 이웃집 할머니한테 얻어먹은 수박 맛과는 많이 달라서 실망한 기색이 역력했다. 3번 박다나,

아무 말도 없이 양 손에 하나씩 두 개나 움켜쥐고 흡입 삼매경에 빠진다. '세상에 이렇게 맛있는 게 있다니!' 하고 놀란 표정으로 말이다.

"엄마, 시원하게 먹으면 더 맛있지 않을까?"

"다나를 봐. 따끈따끈해도 저렇게 맛있게 먹고 있잖아."

우린 모두 다나 앞에서 혀를 내두르고 말았다. 너무 달고 너무 시원한 수박에 길들지 않은 저 순진한 입맛을 보라. 마치 곰이 벌집을 통째로 들고 꿀을 핥아먹는 것 같은 모양새라 남은 수박 조각들까지 기꺼이 다나에게 양보할 수밖에 없었다. 심지어 남겨둔 수박 반 통까지도. 어쩜 저렇게 맛있게 먹을까? 내 경우엔 고슴도치가 자기 새끼 예뻐하는 듯한 심정으로 조금 덜 맛있어도 '아이고, 맛있네!' 하고 액션을 취하는 면이 있는데, 다나는 진정으로 맛있어서 맛있게 먹는 것 같았다. 셋 중 하나라도 저렇게 먹어주니 얼마나 뿌듯한지…… 만약 내가 수박이라면 자신이 얼마나 자랑스럽게 느껴질까? 비싼 값에 팔려가 맛이 있니 없니 껍질이 얇니 두껍니 타박을 듣는 것보다 훨씬 고귀한 삶을 산 것일 테니까.

어디 수박뿐이랴. 우리 밭에 사는 모든 것들은 모양도 제각각이고 크기도 자그맣지만 우리 집 밥상에서만은 눈부시게 빛난다. 우여곡절 속에서도 최선을 다해 열매를 이루었음을 다 알고 있으니까. 간절함으로 오래 기다려 만난 소중한 생명이니까. 때문에 번거롭더라도 반드시 씨앗을 남겨 생명을 이어가게 돕고 있다. 이렇게 만난 이상 한 목숨 되어 끝없이 함께 살아가기 위해서…… 그러고 보면 나는 아주 조금씩 깨닫고 있는 듯하다. 내가 논과 밭에서 만나는 생명들이 돈으로는 바꿀 수 없는 나의 벗이고 하늘임을 말이다.

덤

나는 다나와 한 몸 된 수박을 위해 얼마 전에 본 《사슴아 내 형제야》란 그림책 말투를 흉내 내어 우습지도 않은 시까지 지어 올리기에 이르렀다. 부끄럽지만 아래에 덧붙인다.

수박, 내 형제여.

여름 건너 가을 문턱

기나긴 기다림 끝에 우리에게 온

수박, 내 형제여.

조그맣고 어리숙한 너를 보고

너무 크고 너무 잘생기고 너무 달달한 수박들은

크게 웃고 신나게 떠들어댈 거다.

'너는 결코 팔려가지 못할 거야!

그래 가지고 수박 노릇 제대로 하겠냐?

넌 씨도 남기지 못할 녀석이야.'

번쩍거리는 스티커가 훈장인 양

팔려가는 제 자리가 최고인 양

아무렇게나 지껄여대겠지.

그러면 그러라지 뭐.

너는 우리 밭 식구, 심장 같은 속을 품은 생명!

이만큼 붉어지는 데도 얼마나 애를 썼는지 알고 있어.

거짓 없이 진실하게 살아온 걸 죄다 알고 있어.

결과가 어떠하든 매 순간 네가 최선을 다했다는 것을……

우린 너무 크지 않고 조그마한 네가 미더워.

너무 잘생기지도 너무 달지도 않은 네가 흐뭇해.

너를 통해 수박의 민낯을, 하늘의 생기를 만날 수 있으니까.

팔려온 수박들이 어떻게 꾸며졌는지

속내를 들여다볼 수도 있으니까.

기억해 주렴.

우리의 순진한 입맛은 네가 진짜라는 걸 알고 있어.

있는 그대로 따끈따끈한 너마저도

끔찍이 사랑해.

그러니 내년에 다시 만나자.

네가 남긴 소중한 유산,

씨앗이 있으니까.

손수 짠 들기름이
더 꼬숩다

더듬어보니 신랑과 내가 부부 연을 맺은 지도 벌써 10년이 넘었다. 그동안 살면서 어쩌다가 저런 인간을 만났나 땅을 치며 후회를 하기도 하고, 죽기 살기로 물어뜯고 싸운 적도 있지만, 그래도 이만큼 세월 동안 큰 사고(?) 없이 함께하고 있음이 놀랍다. 나는 내심 '저 사람은 나 말고 다른 사람 만났으면 진작 홀아비 됐을 거다. 그러니 마음속으로는 나를 고마워하고 있겠지' 했는데 어느 날 내 친구들과 함께 있는 자리에서 신랑이 이런 식의 말을 했다.

"저는 결혼해서 살면서 이 세상 모든 사람을 다 이해하게 됐어요. 이혼하는 사람, 자살하는 사람, 알코올 중독자, 미친 사람······"

　그 말을 듣고 처음엔 기가 차서 말이 안 나왔는데 시간이 지날수록 이해가 되었다. 내 입장에선 저 사람이 문제였지만 저 사람 입장에서는 내가 문제였을 거라는 걸. 그런데도 내 입장에서만 모든 것을 바라보며 '너는 틀렸어. 그렇게 행동하지 마' 하고 사사건건 반대할 때가 많았으니, 안 그래도 관계에서 오는 스트레스에 취약한 우리 신랑은 몹시 고통스러웠을 거다.

　해서 어느 순간부터는 어지간해서는 '노터치'다. 왜 저럴까 이해할 수 없어도 알아서 하겠거니 하고 넘어간다. 특히나 우리 부부는 신혼 초에 물건 사는 문제로 많이 다투었는데(신랑은 자기가 필요하다고 생각되는 물건이 있으면 꼭 사야 하는 사람이고, 나는 없으면 없는 대로 살자는 주의다. 그래서 사자 말자 자꾸 부딪혔다), 요새는 신랑이 무얼 사고 싶다고 하면 마음대로 하라고 한다. 어차피 말린다고 제 고집 꺾을 사람도 아니고, 신랑 덕분에 들여온 물건이 새로운 삶의 방식을 열어주었던 것을 경험으로 알고 있어서 미지의 세계에 몸을 맡기듯이 그냥 허용하고 마는 것이다.

　최근에 산 물건은 멀리 네덜란드에서 물 건너온 수동식 기름 짜는 기계다. 기름 짜는 기계는 어마어마하게 비쌀 거라고 여겨서 엄두도 내지 않고 있었고, 그러니 집에서 기름을 짜 먹는다는 건 아예 상상조차 안 하고 살았는데, 저 멀리 네덜란드 땅에 그런 놀라운 물건이 있었다니! 그것도 크기가 매우 작은 수동형으로 10만 원대에!

하지만 나는 그 물건이 그리 탐탁지 않았던 게 사실이다. 실물을 보지 않고 인터넷 정보만 가지고 물건을 사게 되니까 그 성능이 영 미덥지 않았을 뿐더러, 가뜩이나 자질구레한 일거리가 넘치는 마당에 이젠 기름까지 짜 먹어야 한다는 게 싫어서 사지 말라고 반대하고 싶었지만 참았다. 돌아보면 눈 깜짝할 새 지나가는 게 인생인데 하고 싶은 건 다 해보고 살아야지, 괜히 내가 참견하고 싶지 않았던 거다. 그래서 '자기가 샀으니 자기가 짜겠지. 기계가 잘 작동하지 않는다면 다음부터는 물건 살 때 좀 더 신중해지겠지' 하고 마음을 편안하게 먹고 팔짱을 끼고 지켜보고 있었다.

마침내 물건이 온 날, 신랑은 장난감을 선물받은 아이와도 같이 들뜬 표정이었다. 택배가 도착했다는 말에 서둘러 상자를 뜯고 부품을 이리저리 끼워 맞추며 조립을 한다고 수선을 떨더니 조립에 성공하자 다시 분해하여 부품을 끓는 물에 넣어 철저히 소독하여 말려두었다. 그러고는 이내 들깨를 씻고 고르고…… (내가 부탁하는 일은 몇 번을 말해야 실행에 옮기는

데 자기가 좋아서 하는 일은 얼마나 재빠르게 해치우는지 모른
다. 오, 놀라워라, '자발성'의 위력!) 그런 모습을 심드렁하게 지
켜보는 나와 달리 아이들은 덩달아 신이 났다. 아빠에게 이것저
것 물어보고 자기들도 해보고 싶다고 덤벼들다가 혼나고, 다나
는 콩알만 한 부품 하나를 갖고 놀다가 잃어버리고…… 난장판
도 그런 난장판이 없었다.

다행스럽게도 부품을 찾아 조립을 마치고 생 들기름 짜기 시
연에 들어갔다. 신랑이 손잡이를 돌리고 다울이가 깔대기 안으
로 들깨를 보충해 주는 역할을 맡았다. 다랑이는 다나가 접근하
지 못하게 하는 지킴이 역할을 맡기로 했다. 이렇게 역할 분담
까지 확실히 하고 시연에 들어갔지만 여전히 난장판이었다. 다
랑이와 다나가 들깨를 집어먹고, 먹다가 마구 흘리고, 다울이는
다랑이를 혼내고, 혼내다가 싸우고, 그 틈에 다나가 예열을 위
한 램프의 불꽃을 꺼뜨려서 작동이 중단되고…… 하지만 그럼
에도 똑똑 주르르 흘러내리는 기름 방울 앞에서 우리는 얼마나
기뻐했던가.

"와, 기름이 나온다!"

"꼭 쉬 싸고 똥 싸는 것 같다. 히히히."

"아빠, 이거(깻묵) 먹어봐도 돼?"

"먹어봐."

"맛이 고소하다. 딱딱하니까 사탕 같은 느낌이 들어."

"그럼 들깨맛 똥사탕이라고 할까? 크크크."

아이들은 기름 짜고 나온 깻묵을 맛있게도 먹었다. 사탕처럼 들고서 오독오독 씹으면서 말이다. 하도 맛있게 먹기에 나도 한 번 먹어봤더니 식감이 거칠긴 해도 고소하게 씹히는 게 꽤 먹을 만했다. 보통의 경우 깻묵은 가축 사료나 거름으로 써서 왠지 사람이 먹으면 안 될 것 같은 께름칙함이 있었는데 막상 먹어보니 께름칙해할 까닭이 없을 것 같았다. 생 들기름을 짜면 들깨 600그램 정도에 들기름이 300그램 조금 못 되게 나오니까 전체 무게의 절반도 더 되는 찌꺼기가 버려지는 셈인데 그렇다면 낭비가 너무 심한 거 아닌가? 껍질에 좋은 성분이 더 많을 텐데 말이다.

해서 남은 깻묵은 절구에 찧어 들깨가루로 보관해 두었다가 반찬이나 국에도 넣고 빵 반죽에도 넣었다. 특히 빵 반죽에 넣으면 빵에 감칠맛이 나면서 풍미도 더 좋아지는 것 같다. 그렇다면 들기름도 먹고 들깨가루도 먹고 일석이조가 아닌가? 아니, 막 짜낸 들기름에 밥 비벼 먹는 그 맛은 또 어떻게 계산에 넣어야 한다는 말인가?

진부한 결론이지만 언제나 과정 전체를 경험하는 것이 풍성한 이야기와 맛을 선물한다. 번거롭고 시끄럽고 힘도 들고 시간도 들지만 그 길 안에 진정한 맛이 있다. 그런 뜻에서 이번에도 신랑을 노터치하길 참 잘했다.

우리 집 암탉이
알을 낳았어요!

"우리 집 암탉이 알을 낳았어요!"
라고 큰소리로 외친다면 사람들은 어떤 반응을 보일까? "그럼 암탉이 알을 낳지 수탉이 낳나?" 하며 시큰둥한 사람도 있을 것이고, "그거 그림책 제목 아닌가요?" 하고 못 미더운 눈길을 보내는 사람도 있을 것이다. 왜냐, 이 말 자체가 워낙 현실감 없게 느껴질 것이기 때문이다. 달걀이 상품이 된 뒤로 암탉과 달걀을 연결 짓는 사고 자체가 붕괴되었으므로.

하지만 엄연한 사실이다. 2주 정도 전부터 우리 집 암탉 한 마리가 알을 낳기 시작했다. 마을 사람들이 "알 낳아?" 하고 물어보면 "아니요, 아직……" 하고 꼭 죄인처럼 목소리가 작아지고,

"사료 안 멕이믄 달걀 안 낳는당께"라는 말 앞에서 "할 수 없죠 뭐" 하고 자포자기 심정이 되고는 했는데, 드디어 우리 집 암탉도 알을 낳게 된 것이다.

맨 처음 신랑이 닭장에서 달걀을 꺼내 들고 왔을 때, 아이들은 그 자리에서 방방 뛰었고, 나는 기뻐서 아이들처럼 크게 소리까지 질렀다. 부끄러운 줄도 몰랐다. 놀람과 흥분을 감출 수가 없었다. 모르는 사람이 지나간다 하더라도 붙잡고 자랑을 하고 싶을 정도였으니까. 너무 오래 기다렸고, 중간에 큰 시련까지 있었던 터라 암탉이 알을 낳은 사건은 단연코 올해 최고 빅뉴스였다.

그러니까 이쯤해서 가슴 아팠던 시련의 역사를 이야기하지 않을 수 없겠다. 9월 초였던가, 한밤중에 큰비가 내려 빗소리가 요란했더랬다. 아침에 비가 그쳤는지 보려고 밖을 내다보았는데 앞집 사냥개가 풀려나 우리 집 마당에 있는 거다. 앞집 할머니와 할아버지를 불러 얼른 데려가시라 말하고 집 안에 들어왔는데 잠시 뒤, 닭 밥 주러 닭장에 들어간 신랑의 비명 소리 같은 게 들려왔다. 닭이 다 물려 죽었다는 것이다. 그렇다면 앞집 사냥개 그 녀석이 간밤에 만행을 저지르고 뻔뻔하게 우리 집 마당을 배회하고 있었다는 것? 너무도 참혹한 현실 앞에서 심장이 쿵쾅거리고 손발이 떨려왔다. 나는 닭장에 들어가

는 일일랑 꿈도 못 꾸고 얼른 앞집 할머니부터 불러왔더니 대
뜸 그러신다.

"어쩔 것이여? 얼른 나와서 닭 털 뽑아가꼬 냉장고에 넣어."

그 말을 듣고 눈이 뒤집히는 줄 알았다.

"아니, 지금 뭐라고 하시는 거예요? 지금 이 상황에서 저보
고 닭을 처리하라고요? 한밤중에 날벼락을 맞은 사람한테 그
런 말이 나와요?"

나는 격하게 소리쳤다. 수탉 세 마리에 암탉 다섯 마리…… 그 닭
여덟 마리가 어디 보통 닭이냐는 말이다. 알에서 깨어난 지 일주
일 된 병아리들을 데려와서 3주 가까이 한 방에서 살았다. 한동안
은 밭에 병아리 놀이터까지 만들어 풀어 키우고, 신랑이 지극정성
으로 돌봐, 아이들이 풀 뜯어다 먹여, 나는 뽕나무 아래 오디 떨어
진 거 다 주워다 먹이고…… 아무튼 집짐승 그 이상이었다. 알 낳
을 날만 손꼽아 기다리고 있었는데 온갖 꿈이 산산조각 난 마당
에 나한테 뒤처리까지 하라니!

내가 그런 얘기를 다 하니까 앞집 할머니도 미안하다며 변상
을 하고 죽은 닭은 본인이 가져가시겠다고 했다. 엎어진 물 주
워 담을 수는 없는 노릇이니 나도 그쯤해서 마음을 내려놓기
로 했다. 그러고는 신랑과 앞집 할머니가 한 마리, 두 마리…… 세

어가며 시신(?)을 수습하는데 닭장 밖에서 꼬꼬댁 소리가 났다. 불행 중 다행이라고 암탉 한 마리가 살아있었던 것이다. 신랑은 얼른 그 한 마리를 붙잡았고 닭장을 수리한 뒤에 다시 닭장에 넣었는데, 암탉 상태가 말이 아니었다. 얼마나 놀랐는지 꼼짝도 안 하고 오도카니 앉은 채 밥도 물도 먹지 않았다. 저러다가 뭔 일 나는 거 아닌가 걱정하며 지켜보다가 새로 들여온 중닭 여섯 마리(사람으로 치면 십대 청소년쯤 되는 수탉 한 마리, 암탉 다섯 마리)를 닭장에 넣었다.

그러자 놀라운 일이 일어났다. 암탉이 기운을 되찾고 텃세를 부리기 시작하는 게 아닌가. 다울이가 그러는데 어린 수탉을 옆에 꼭 끼고 앉아 다른 어린 암탉들은 얼씬도 못하게 하더란다. 무슨 일이 있었냐는 듯한 기세등등한 자세로 어린 암탉들에게 상전 노릇이라니…… 그렇게 암탉은 별다른 심리 치료 없이도 새 식구들과의 뒤섞임만으로 기운을 되찾았고 마침내 알까지 낳았다.

그러한 우여곡절이 있었으니 맨 처음 발견한 달걀 세 알이 얼마나 애틋하랴? 어떻게 말로 설명할 수 없이 소중해서 달걀 앞에만 서면 가슴이 벌렁거렸다. 작지만 단단하고, 보석처럼 어여쁜 달걀! 어떻게 먹을까 고민할 것도 없이 삶아서 다울이 다랑이 다나 하나씩 먹이면 되겠다 했는데, 아랫마을에 사는 유민이가 놀러 왔다. 그 덕분에 다나는 이 다음을 기약하기로 하고 다나 몫을 유민이에게 선물했다. 우리가 느낀 감동을 유민이도 느끼길 바라면서, 그렇게 물결처럼 생명을 느끼는 감성이 번져가기를 바라면서 말이다.

많은 사람들이 집에서 닭을 기르고, 그 닭을 통해 달걀을 만날 수 있다면 좋겠다. 그렇게 되면 생명의 존엄함이나 가치 같은 것을 따로 배우거나 가르칠 필요가 없을 텐데…… 돈이면 다 되는 게 아니라는 걸, 돈 주고는 살 수 없는 것이 생명이라는 걸 절절히 느낄 수가 있을 텐데……

오늘도 우리 집 암탉은 알을 낳았다. 그리고 작고 어여쁜 달걀은 눈부신 빛으로 내게 말을 건다.

"나는 생명이에요. 잊지 마세요" 하고.

보석 천지

어느 회보에 실린 글에서 학교를 뜻하는 낱말 '스쿨'의 어원이 '여가'를 뜻하는 '슐레'에서 왔다는 얘길 듣고 무릎을 쳤다. 그렇다. 진정한 학교는 '마음껏 풀어놓음'을 통해 시간의 느슨함을 온전히 누리게 할 때 제 역할을 하는 게 아닐까?

갑자기 이게 무슨 소리인가 하면, 우리 집 아이들(어떤 날은 아랫마을에서 놀러 오는 유민이까지)을 보면 정말 다양한 프로그램으로 스스로 학교를 운영하는 것을 볼 수가 있어서이다. "우리 뭐 하고 놀까?"로 기획되는 이 학교는 놀거리를 잘도 찾아낸다. 어떤 날은 종이를 오리고 접고 붙여서 문자, 사진, 노래, 게임까지 담긴 핸드폰을 만들고, 어떤 날은 한자 싸우기 놀이를 한다면서 두꺼운 한자 사전을 꺼내 들고 그 안에서 멋지고 강력한 글자를 끄집어내는 재미에 빠져든다. 또 어떤 날은 강아지 산책시키기 놀이를 하며 말 안 듣는 어린아이를 데리고 다니는 엄마 아빠 심정을 느껴보기도 하고, 때로는 동네 구석구석을 누비며 지도 그리기에 열심이다.

어제는 유민이가 가져온 보석(플라스틱 팔찌, 길에서 주운 귀걸이를 이용해 만든 반지 같은 것들)을 한가운데 두고 서로 보석 자랑을 하며 시끄럽게 떠드는가 싶더니, 갑자기 의기투합을 했다.

"야, 우리 보석 찾으러 갈래?"

"그래, 보석 탐험대 놀이 하자!"

"형아, 나도 갈래."

"좋아, 우리는 보석 탐험대다!!!"

세 아이는 보석을 넣을 가방과 망치, 돋보기 같은 것을 챙겨 들고 곧장 집을 나섰다. 어디로 갔는지는 나도 모른다. 다만 때때로 들려오는 환호성과 웃음소리로 아이들의 안부를 확인하며 혹시나 울음소리가 들려오는 건 아닌지 주의를 기울일 뿐이다. 그러다 보면 얼마 지나지 않아 우당탕탕 떠들썩한 입장식이 거행된다.

"이모, 우리 보석 찾았어요."

"엄마, 정말 행운이야. 보석을 많이 찾아냈어."

"엄마, 이것 좀 봐. 나도 찾았어."

나는 깜짝 놀라는 체하며 아이들 손에 들린 돌 조각들을 들여다보는데 솔직히 말해서 우습기 짝이 없다. 내 눈에는 그저 어디서나 흔히 보는 돌일 뿐, 호들갑을 떨 만큼 보석다워 보이지는 않기 때문이다. 그런 나에게 아이들은 자기들이 찾아낸 보석 이름을 알려달라고 성화이니 얼마나 난처한 노릇인지…… 결국 아이들은 나에게 기댈 수 없다는 걸 알고 《광물과 자원》이라는 책 한 권을 찾아내더니 자기들이 찾은 보석이 다이아몬드, 크리스털, 터키석, 금, 루비 등등이라며 이름을 붙이고, 보석 그림 그리기, 보석으로 반지 만들기 활동까지 나아갔다.

거기서 끝이냐고? 아니다. "보석 반지 사세요. 하나에 천 원~!" 하고 외치며 마을을 누비다가 끝끝내 마음 약한 할머니 한 분에게 반지 하나를 팔고 돌아오기에 이르렀다.

'고 녀석들 참 재밌게도 사는구나' 생각하며 마당을 정리하는데 내 눈에는 마당에서 해바라기하고 있는 온갖 곡식과 채소들이 보석으로 보였다. 루비처럼 매혹적인 붉은빛 쥐이빨 옥수수, 맨질맨질 반짝거리며 빛나는 기장, 금빛으로 탐스러운 조 이삭, '호박'이란 이름의 보석에 뒤질쏘냐 푸짐하게 아리따운 늙은 호박, 둥그런 얼굴 가득 콕콕 박힌 해바라기 씨앗, 노랗게 잘 익은 여주에서 나온 시뻘건 씨앗까지…… 가을이라 더욱 풍성한 마당 전시장에서는 각자 제 빛깔, 제 자태로 아름다운 보석들이 널리고 널렸다.

참 신기하게도 '예쁘다' '아름답다'로만 끝나는 보석이 아니다. 내 몸속에 들어와 나와 한 몸 되는 것들이기 때문이다. 내가 이렇게 아름다운 것들을 먹고산다고 생각하면 내 존재까지도 한없이 고귀해지는 듯해서 가슴이 벅차오른다. 내가 먹는 것이 온통 아름다움이라니! 나도 아름답게 살아야겠구나!!! (이상하게도 아름다운 것을 보고 만나면 '나도 아름답고 싶다'는 강한 열망에 사로잡히게 된다.)

순간, 아이들이 주워다놓은 보석을 다시 들여다보아야겠다는 생각이 들었다. 어쩌면 아이들이 그렇게나 보석 타령을 하는 것도 자기 안의 아름다움을 찾아내고 싶고 그 아름다움과 이어지고 싶다는 열망 같은 게 아닌가 싶었던 거다. 그래서 다시 보니, 역시 새롭다. 대충 곁눈질로 보고는 흔하디흔한 돌이라고 깔보았는데, 자세히 보니 빛깔도 다채롭고 신비롭게 반짝인다. 그러니 함부로 볼 게 아니었다. 곡식과 채소, 주변에 널린 돌…… 온통 보석 천지! 알고 보니 아메리카 인디언 나바호족의 노래가 지금 내 삶에도 그대로 피어나고 있었던 것이다.

> "모든 것이 아름답다.
> 내 앞의 모든 것이 아름답고,
> 내 뒤의 모든 것이 아름답다.
> 내 아래의 모든 것이 아름답고,
> 내 둘레의 모든 것이 아름답다."

아름다움을 찾아나서는 아이들의 곱디고운 눈길이 끝내는 나바호족의 노래에까지 이어지게 되었다. 날마다 햇곡식과 열매가 한두 가지씩 추가되어 점점 더 화려해지는 밥그릇을 앞에 두고 이 노래를 불러봐야겠다. 그렇게 하면 꼭꼭 씹어 먹으며 깊은 단맛을 음미할 수도 있게 되리라.

무말랭이가
가르쳐준 것

　　　　　　　　　해남에 사는 지인이 자연물로 드
림캐처 만드는 수업을 연다고 해서 꼭 가고 싶었다. 그런데 날
은 춥고 해는 짧고 신랑은 그 먼 데까지 뭐하러 가느냐며 핀잔
이나 준다. '치, 할 수 없지. 그럼 나 혼자 애 셋 데리고 가보는 거
지 뭐.' 이렇게 마음을 먹고 머릿속으로 수도 없이 시뮬레이션
을 돌리며 궁리를 해본다.

　　'버스정류장까진 택시로 움직인다. 정류장에서 버스를 타는
데 중간에 두 번 갈아타야 하니까 각각 세 번씩, 도합 여섯 번
은 버스를 타고 내리고 해야 한다. 다울이는 알아서 잘할 것이
고 다랑이는 내가 도와줘야 하는데, 다나를 안고 다랑이를 차

에 올리고 내리고 하기가 쉽지가 않네. 다울이가 도와줄 수 있을까? 그렇다 하더라도 버스카드를 찍거나 버스표를 내려면 내 손이 자유로워야 하는데…… 그럼 다나를 포대기로 업어야 하나? 그래, 업고 가는 걸로 하자. 근데 만약 중간중간 다나가 똥을 싸는 돌발 상황이 발생해서 기저귀를 갈아야 한다면? 다른 아이들이 급하게 화장실에 가고 싶어 하는 상황이 발생한다면? 아, 그렇게 되면 &%^#@@*&....!!!'

결국 눈물을 머금고 마음을 접을 수밖에 없었다. 나 혼자 애 셋을 데리고 집을 나서려던 계획은 포기!《선녀와 나무꾼》이야기에서 왜 사슴이 애 셋을 낳을 때까진 선녀에게 날개옷을 내어주지 말라고 했는지 알겠다. 둘만 되어도 어떻게든 해보겠는데 셋을 다 달고 움직이는 건 너무, 너~무 어렵다. 조금 부풀려서 비유하면 양쪽 발에 모래 주머니를 하나씩 달고, 머리엔 항아리 하나를 이고 산 고개를 넘어가는 것 같다고나 할까? 적어도 다나가 지금보다 똥 누는 횟수가 줄거나 기저귀를 떼거나 할 때까지는 말이다. 할 수 없이 날개옷을 도로 접어 넣으며 땅이 꺼져라 한숨을 쉬고 있는데, 신랑이 내게 말했다.

"안 갈 거죠? 그럼 밭에서 무 뽑아올게요."

'지금 이 상황에 무라니!'라고 말하고 싶었지만 솔직히 말해서 '지금 이 상황에서 외출이라니!'가 더 적합한 표현일 것이다. 날이 더 추워지기 전에 무 뽑아 갈무리해야지, 김장해야지, 메주 쒀야지, 콩이나 팥도 다 추려야지…… 남아 있는 일감도 첩첩산중이니 말이다. 더구나 12월 초에 서울 친정 나들이를 계획하고 있는데 그 일정을 무리 없이 소화하려면 내가 지금 날개옷이나 쳐다보고 있을 때가 아니다.

그제야 정신을 차리고 신랑이 번개처럼 밭에서 뽑아온 무 두 포대를 부엌 바닥에 쏟아 부었다. 어마어마한 양이라 입이 쩍 벌어진다. 올해는 뭐든 풍년이지만 그 가운데 제일은 무다, 무! 도저히 나 혼자 어쩌지 못할 양이라 지난번에도 온 가족이 달려들어 공동 작업을 했다. 이번에도 결국 다 불러 모으는 수밖에 없었다.

"다울아, 다랑아, 와라. 무 작업하자!"

신나게 놀고 있던 아이들이 너무나 당연하게 모여들었다. (한때는 왜 해야 하느냐며 반발하기도 했지만, '밥값을 해야 밥 먹을 자격이 있다'며 몇 번 협박(?)을 했더니 말을 잘 듣는다.) 그러고는 손발 척척 맞춰가며 무 작업에 빠져든다. 작은 무는 이파리째 그대로 큰 바구니에(김치 담글 용도), 큰 무는 무청(시래기용) 따로 무(무말랭이용) 따로 해서 각기 다른 포대에, 시들거나 누렇게 된 이파리는 닭 모이용으로 또 다른 포대에…… 그렇게 일하다가 다울이는 즉흥으로 일 노래를 만들어 불렀다.

"몇 개 남았냐? 당당 멀었다! 몇 개 남았냐? 나도 모른다! 몇 개 남았냐? 두 개 남았다……"

"야, 노래도 좋지만 노래할 때도 손을 쉬지는 말아라. 일 노래는 일하다가 멈추어서 부르는 노래가 아니라 일을 하면서 부르는 노래야."

"알아. 나도 노래 부르면서 일하고 있다구!!!"

"엄마, 형아! 지금 다나가 무 이파리 갈기갈기 찢고 있어!"

아이들과 공동 작업을 하니 언제나처럼 시끌벅적 요란하기 그지없었다. 하지만 생동감과 활기가 넘쳐 별 거 아닌 일에도 웃음꽃이 피고, 그러는 사이 순식간에 일이 끝나 있다. 사람 손이 무섭다고는 하지만 아이들 고사리손도 이렇게 무섭다니. 아이들은 무를 만졌더니 손이 시리다면서 손을 비비고 있었는데 그 손들이 얼마나 귀엽고 예쁘던지!

문득 내 손을 봤다. 날이 추워지면서 급격히 거칠어지고 쭈글쭈글해진 내 손…… 내 손도 한때는 탱글탱글 팽팽했으나 어느새 이렇게 되었다. 손에 물 마를 새 없이 살림하느라, 나 아닌 다른 존재들을 먹여 살리느라…… 어디 손만 그런가? 흰머리는 점

점 늘어가고, 얼굴은 까칠하다. 겉모습만 봐서는 나는 지금 한
없이 추락하고 있는 거다. 날개옷엔 곰팡이가 피고, 선녀는 선
녀였다는 기억마저 희미해진 채로 초라한 얼굴빛이 되고……

그럼에도 나는 날고 있다고 느낀다. 날개옷이 없어도 아이들
이 웃고 떠들고 노래하면 하늘을 나는 기분이다. 왜 그럴까? 한
참을 고민했는데 얼마 전에 아이들과 작업해서 뚝뚝 썰어 말려
놓은 무말랭이가 달큰한 냄새를 풍기며 나에게 말을 걸어왔다.

"너나 나나 같은 신세야. 헛된 것은 남김 없이 다 주어버리
고, 점점 쭈글쭈글해지지. 그래야 진짜 다디단 다른 차원의 맛
을 품게 되거든."

그 얘길 듣고 무말랭이를 하나 먹어봤더니, 과연 달디달다. 매
운맛은 어디로 갔는지, 아삭한 맛은 어디로 갔는지 아쉽기도 하
지만, 무말랭이는 그 자체로 맛의 도약을 이루었다는 것을 알았
다. 맛뿐 아니라 식감도 달라지고 성분도 달라졌겠지. 무는 무이
로되 무 아닌 다른 것이 되었겠지.

나도 그러고 있다는 걸 아니까, 내가 날개옷 없이도 날 수 있
는 게 아닐까? 만약 누군가 날개옷이 있는 곳을 알려준다고 하
여도 부러 찾지 않으리!

메주에게

메주야, 잘 뜨고 있니? 나는 서울에 잘 도착했다. 네가 뜨는 모습을 곁에서 지켜보지 못해 서운하구나. 하지만 아이들이 네 곁에 있으면 네가 남아나지 않을 것 같아서 일부러 피난을 온 거란다. 지난해에도 메주 띄운다고 메주를 아랫목에 두고 지내던 며칠 동안 참 많은 일이 일어났거든. 다나가 파 먹고, 다랑이가 뒤로 넘어져 으깨고, 다울이가 걷어차고…… 올해는 아이들이 없으니 너는 처음 모습 그대로 무사할 줄로 안다.

물론 속으로는 많은 일을 겪어내고 있겠지. 보이지 않는 수많은 친구들이 네게 달려들어 너를 가만히 두지 않을 거야. 네가 누운 자리는 못 견디게 뜨거울 테고, 다울이 아빠는 수시로 너를 들었다 놓았다 귀찮게 하겠지. 하지만 그러는 가운데 네게는 마법과도 같은 변화가 일어날 거야. 너는 더 많은 생명을 살게 하는 집이 되고, 더 깊은 맛을 만들어내는 씨앗이 될 테니까. 아직 내 말이 믿기지 않겠지만 난 그 사실을 믿어 의심치 않는단다.

지금 내가 머물고 있는 서울은 겨울이 없는 곳이란다. 밖이 아무리 추워도 문을 꼭 닫고 있으면 온도 변화를 느낄 수가 없어. 언제 어느 때나 더운 물이 펑펑 나오고, 냉장고에는 먹다 남은 온갖 음식이 가득 쟁여져 있지. 그뿐 아니라 사람들은 겨울에도 차가운 맥주와 바나나를 사다 먹고, 밤 늦게까지 야식을 시켜 먹는 일이 예사란다. 그럼에도 잘살고 있느냐고? 물론이지. 아주 잘살고 있어. 적어도 겉모습만은 굉장히 좋아 보여. 다만 과식과 절식 사이에서, 짜릿한 외식과 지루한 집밥 사이에서 아찔한 줄타기를 하느라 피곤한 기색이 있긴 하지만 말이야.

이대로 괜찮은 건지 사람들에게 자꾸만 묻게 되는데 오히려 걱정을 듣는 것은 나더구나. "서울 오는데 옷 좀 신경 쓰지 그게 뭐냐? 애들 얼굴이 까칠한데 고기나 우유 같은 것 좀 먹여

라. 너희는 뭐 먹고사니? 여긴 먹을 게 쌔고 쌨으니 실컷 먹고 가라……" 이런 식의 이야기를 들을 때마다 움츠러드는 느낌을 면할 수가 없어. 내가 뭔가 크게 잘못 살고 있고, 내가 참 가난한 사람이 된 것 같아서 말이야. 하지만 나는 절망감에 빠지려는 그 순간에 언제나 너를 떠올리며 속으로 중얼거리고는 한단다.

'괜찮다, 나는 지금 메주처럼 뜨고(발효되고) 있는 중이다. 저 말에 휘둘리면 썩어버릴 것이다.'

메주야, 너 혹시 메주 도사 이야기 알고 있니? 옛날에 과거 보러 한양 가는 선비들이 주막집에서 하룻밤을 묵게 되었는데 그 방에 거렁뱅이 차림의 노인이 들어왔더란다. 그랬더니 선비들이 그 보잘것없는 노인과 한 방에서 자고 싶지 않았던가봐. 보나마나 무식쟁이겠다 싶었는지 시 짓기 내기를 해서 시를 짓지 못하는 사람이 방에서 나가는 걸로 하자고 했대. 낌새를 알아차린 노인이 시 대신 그림을 그리겠다면서 붓을 들더니 배를 한 척 그렸지. 순간, 방에 있던 사람들이 모두 진짜 배에 타고 있는 마술이 일어났어. 깜짝 놀라 어쩔 줄 몰라 하는 선비들에게 노인이 말했지. 이 배가 닿는 섬에 복숭아나무가 있는데 싱싱한 복숭아를 따면 젊어질 것이나 죽을 위험에 처할 것이고, 쭈글쭈글한 복숭아를 따면 늙어질 것이나 살 길이 열릴 것이라고. 그 얘길 듣고 정말 복숭아나무가 있는 섬에 닿았는데 선비들은 하나같이 싱싱한 복숭아를 따 먹고 젊어졌대. 그러고는 좋아라 하며 다시 배에 탔는데, 갑자기 풍랑이 일며 죽을 위험에 처했지. 그제야 선비들은 울며 불며 후회를 하고 소리를 쳤는데, 그때 주막 주인이 방문을 벌컥 열고 보니 선비들이 메주 덩어리를 입에 문 채 살려달라 소리를 치고 있었다는 거야. 보잘것없는 노인은 온데간데없고…… 그 노인이 바로 메주 도사였던 거지.

나는 이 이야기를 읽고 전율이 일었어. 메주 도사가 선비들에게 했던 말이 평소 내가 경험과 직관을 통해 믿고 있는 것을 그대로 담고 있었기 때문이야. 젊고 탱글탱글하고 겉보기에 좋은 것은 죽음의 길이요, 늙고 쭈글쭈글하고 볼품없는 것이 삶의 길이라는 믿음! 생각해 봐. 모두 다 연예인처럼 살고자 한다면 지구는 어떻게 될까? 화장품, 목욕용품, 미용용품, 옷, 가방, 액세서리…… 없어도 될 것들이 넘치게 생산되고 비참하게 버려지고 있어. 좋은 삶이란 무엇일까에 대한 진지한 고민 없이 그저 남 보기에 번듯해 보이고 화려해 보이면 좋은 건 줄 알고 껍데기만 치장하니까 말이야. 그뿐만 아니라 크고 반짝거리고 중독성 있는 먹을거리를 만들어내기 위해 농약, 화학 비료, 성장 촉진제, 왁스, 각종 식품 첨가물…… 별별 것들이 다 생산되고 있어. 더 그럴듯한 결과를 위해서라면 비열한 과정 따위는 다 용서할 수 있다는 식이지. 아니, 용서고 뭐고 과정 자체에는 아예 관심조차 없는 눈치야. 너무 많은 것을 누려야 하기 때문에 이것저것 길게 바라볼 여유가 없는 거란다.

이런 현실에서는 밥상 하나 오롯이 지킨다는 게 독립 운동만큼이나 어렵고 의미심장한 일인 듯하다. 그렇기 때문에 나는 오늘도 "뭐 먹고 싶은 거 없어? 맛있는 거 사줄게"라는 따뜻한 배려를 애써 물리치며 밥을 짓는다. 먹지 않아서 버려지기 일보직전의 남은 음식들을 처리하기도 하고 말이야. (우리 집 개와 닭이 가까이 있다면 음식이 쓰레기가 되는 말도 안 되는 사태는 막을 수 있을 텐데…… 이곳에도 개가 있지만 남은 음식을 주면 안 된다고 한다. 할 수 없이 내가 개가 되고 있어. ㅜㅜ) 겨울이 없는 부엌에 살면 여왕처럼 행복할 줄 알았는데, 실상은 이렇게 처절하더구나.

메주야, 나도 메주 네가 아니었다면 참되고 선한 것이 아름답다는 진실을 알지 못했을 거야. 과정까지 겪어낸 자의 자부심과 긍지, 만족감을 경험할 수 없었을 것이고, 밥상 앞에서 생명을 떠올릴 수도 없었을 테지. 만약 서울에서도 여기저기 메주 띄우는 집이 생겨난다면 아름다움을 바라보는 안목과 맛을 느끼는 감각 또한 달라질 텐데…… 과연 그런 기적 같은 날이 올까? 메주야. 네가 정말 그립다. 사랑해.

　—겨울이 없는 부엌에서 잔반 처리반으로 활약중인 부엌데기가.

나를 위해 끓인
생일 미역국

　　　　　　　　　　　　12월 20일, 오늘은 내 생일이
다. 생일인 줄도 모르고 아침인 줄도 모르고 잠에 취해 있었는
데 신랑이 안방 문을 열고 말했다.

　"얘들아, 오늘이 엄마 생일이다. 축하해 줘." (정작 본인은 축
하한다는 말을 하지 않았다. 이런 부끄럼쟁이 같으니라고~)

　"어, 엄마 생일이야? 그럼 내일이 내 생일이네. 엄마, 축하해."
(다울)

　"내 생일은 왜 안 와? 왜 내 생일만 늦게 오지? 오늘이 내 생
일이면 좋겠다." (다랑)

　"야, 너는 엄마 생일까지 뺏어가려고 하냐? 정말 나쁘다." (다울)

다울이와 다랑이 사이 실랑이를 뒤로하고 부엌으로 나갔다. 신랑이 부엌 난로에 불을 피워놓은 덕분에 부엌 공기가 훈훈했다. 자, 이제 아침을 열어볼까? 난로에 고구마 냄비를 올리고, 세탁기를 돌리고, 그릇 정리까지 하고 있는데 또다시 신랑이 말했다.

"애들 데리고 해수탕에 목욕이라도 하러 갈래요?"

"애들 목욕시킬 때가 되긴 했는데…… 에잇, 됐어요. 집에서 시키지 뭐. 날도 추운데 집 나가면 고생이다, 고생."

솔깃한 마음이 전혀 없었던 것은 아니지만 며칠 뒤 나들이 계획이 있기도 해서 딱 잘라 거절을 하고 평소와 다름없이 내 할 일을 했다. 다나 똥 치우고, 아이들 옷 챙겨 입히고, 절 운동하고, 군고구마로 아침 먹고, 빨래 널고, 그러고 나서 미역국 끓일 채비를 했다. 내가 나를 위해 끓이는 미역국이라…… 어쩐지 기분이 남달라서 먼저 나 자신한테 물었다.

'어떤 미역국이 먹고 싶니?'

'맑고 담백하고 구수한 것으로 해줘. 그게 나다운 맛 같아.'

'그래, 알았어, 너 닮은 맛으로 해줄게.'

담백한 맛을 살리려면 멸치 육수를 내지 않는 게 좋을 것 같았다. 그 대신에 무를 얄팍하니 썰어 넣기로 했다. 구수한 맛을 위해 생들깨를 갈아 넣을까 하다가 그렇게 되면 맑은 느낌이 사라지는 게 아쉬워 들깨가루를 넣었다. 간을 맞출 때도 국간장 조금에 천일염을 넣었다. 그랬더니 정말 맑고 담백하면서 구수했다.

'이야, 바로 이 맛이야. 내 마음에 쏙 든다.'

흡족한 표정으로 국물 맛을 보고 있었더니 다울이가 안쓰럽다는 눈길로 나를 쳐다봤다.

"엄마는 생일인데도 일을 많이 하네. 아빠보고 미역국 끓여달라고 하지."

"야, 그럼 생일엔 내가 왕이네 하고 빈둥거리기만 해야 하냐? 여봐라, 미역국을 끓여라! 여봐라, 청소를 해라…… (웃음) 아빠는 아침 일찍부터 나무하고 불 때고 얼마나 고생이 많냐? 아빠가 미역국 끓이고 엄마가 나무하는 것보다야 이게 낫지."

"알았어. 내가 크면 엄마 생일날은 내가 미역국 끓여줄게."

역시 큰아들은 다르다. 생일인데도 특별한 대접을 받지 못하는 엄마를 짠하게 바라볼 줄도 알다니…… 말만이라도 고맙다며 웃어넘겼는데, 내가 다나랑 낮잠 자고 일어났더니 다울이가 나를 애타게 불렀다.

"엄마, 나와봐. 우리가 엄마 생일상 차렸어."

"정말? 어디 보자."

부엌에 나가봤더니 다랑이랑 둘이서 한 상 거하게 차려놓았지 뭔가? 장기 알로 장식한 케이크에 코뿔소 고기, 바둑알 밥, 레고 쿠키…… 아궁이를 만들어놓고 코펠 냄비까지 올려 나름 까다로운 조리 과정을 거쳐서 탄생한 생일상이었다. 그러니 못 먹는 거라도 맛있게 먹는 시늉을 하며 먹을 수밖에.

"어머어머…… 어쩜 이렇게 맛있냐? 케이크가 입에서 살살 녹는구먼. 이거 까만 건 초콜릿인가? 아우, 달콤해."

"엄마, 생일 축하 노래도 불러야지." (다울)

"생일 축하합니다~ 생일 축하합니다~ 사랑하는 엄마의 생일 축하합니다~"

노래를 신나게 불렀더니 다나가 재미있었나 보다. 노래가 끝나기 무섭게 자꾸 또 부르자고 해서 부르고 또 부르고 열 번도 넘게 불렀다. 살다 살다 이렇게 지칠 때까지 축하를 받긴 처음이라 어색하면서도 또 얼마나 흐뭇하던지…… 그래서 말해주었다.

"엄마가 받은 최고의 생일 선물은 바로 너희들이야."

(다랑이는 눈을 동그랗게 뜬 채로) "정말?"

(다울이는 수줍어하면서) "그래도 선물은 줘야지. 나는 엄마

가 낭송 좋아하니까 낭송 책에서 나온 좋은 말 읽어줄게."

이어서 다울이의 낭송이 이어졌다.《손자병법》에서 싸움에서 이기는 다섯 가지 방법에 관한 내용이었는데, 그것이 과연 엄마의 생일과 관련하여 어떤 뜻을 담고 있는지는 아리송하다. 다만 엄마를 위해 무어라도 해주고 싶은 뜨거운 마음이 느껴져서 더없이 고마웠다.

그렇게 한바탕 시끌벅적 축하를 받고 아이들 목욕시키기에 들어갔다. 집에서만 할 수 있는 웰빙 목욕! 들통에 물을 넣고 거기에 귤껍질, 감국(작고 노란 국화), 시래기, 비자나무 열매 껍질 듬뿍 띄워 난롯불에 푹푹 끓인 다음, 그 물에 목욕을 시키는 거다. 아기 욕조에 다랑이와 다나 넣어 1차로 씻기고, 쉬었다가 2차로 다울이 씻기고, 마지막은 내 차례였다.

평소에는 후다닥 샤워를 하고 나오지만 오늘만은 나도 따끈따끈 향긋한 물이 담긴 아기 욕조에 들어갔다. 그러고는 아주 여유롭게 천천히 씻으며 나에게 말을 걸었다.

'지금껏 잘 살아왔구나. 애썼어. 힘들 때도 많았는데 용케 여기까지 왔네. 태어나길 잘했구나 싶지? 지금의 널 사랑해~'

나한테 하는 말이라 더 쑥스럽고 멋쩍었지만, 그러고 나니 내가 무척 기뻐하는 것 같았다. (나는 다른 누구의 축하와 사랑

보다 내 스스로의 축하와 사랑을 더욱 반가워하고 기다려온 건지도 모른다.) 이렇게 기뻐하는데 날마다 나에게 말을 걸고 나를 격려해 주면 얼마나 좋을까…… 익숙해질 때까지 자꾸 연습을 해봐야겠다. 내가 나를 사랑해야 내가 너를 사랑할 수도 있을 테니까.

이렇게 철들어 가는 내가 좋다.

밥상 앞에서
화내지 말자

우리 집에선 거의 날마다 절을 하는 것으로 하루를 시작한다. 일종의 아침 운동이자 기도인 셈. 꼭 절이어야 할 필요는 없지만 절은 오늘도 순순히 무덤으로 걸어 들어가겠다는 자포자기 몸짓이 아닐까 싶다. 나를 내려놓고, 내 몸 하나 편히 살겠다는 헛된 소망 싸그리 지우고, 삶이 주는 십자가까지도 기꺼이 짊어지겠다는 다짐 같은 것이다. 놀랍게도 그렇게 절을 하게 되면 빽빽하고 무거웠던 몸이 점점 가벼워지고 오늘이 바로 서는 느낌을 받는다. 그건 아이들도 다르지 않은지 절하고 난 뒤엔 눈빛과 표정이 달라진다. 드디어 오늘 하루를 선물로 와락 껴안은 느낌이랄까?

오늘도 아침나절 절 운동 시간, 다나의 방해 없이 절을 하려고 밥상에 고구마 접시를 내놓았다. 계획대로 다나는 얌전히 고구마 접시 앞으로 다가갔고 다울이 다랑이와 나는 절을 시작했는데, 다울이가 자꾸 다나 쪽을 살피느라 절에 집중하지 못하는 거다.

"어, 다나가 고구마를 가지고 장난을 치는데…… 다나야! 고구마 찌르지 마라."

"야, 절할 때는 절하는 데 마음을 모아라. 다나는 내비두고……"

"다나가 숟가락으로 이거 저거 찔러놓으면 내가 못 먹게 되잖아."

"괜찮아. 솥에 또 있으니까 걱정 마. 얼른 절이나 하자."

그렇게 타일렀지만 다울이는 계속해서 다나를 향한 경계의 눈초리를 풀지 않았다. 그뿐인가, 절을 다 끝마치고 밥상 앞에 앉은 다음에도 여전히 인상을 잔뜩 찌푸린 채 "다나 때문에 이게 뭐야?" 하며 짜증을 냈다. 순간, 나는 치밀어오르는 화를 어쩌지 못하고 격분하여 소리쳤다.

"야, 이 밴댕이 소갈딱지야! 엄마가 몇 번이나 얘기했는데 자꾸 그럴래? 밥상 앞에 두고 인상 쓰는 거 정말 보기 싫어. 동생이 어리니까 그렇지 하고 넘어갈 수도 있는데 왜 그렇게 속 좁게 굴어? 그렇게 까칠하게 굴 거면 차라리 너 혼자 나가서 살아!"

한 번만 얘기했으면 되는데, 자꾸 다그치듯 잔소리를 되풀이했더니 다울이가 으앙 울음을 터뜨렸다. 그쯤해서 그만두어야 했는데 우는 모습이 보기 싫어서 또 잔소리를 했다. 그러자 다울이가 "그래, 나 나갈 거야!" 하며 뛰쳐나갔다.

앗, 다울이가 저렇게 세게 나올 줄이야. 나는 몹시 당황했지만 애써 태연한 척 가만히 앉아 있었다. 밖에 비도 오는데 멀리 가지는 않겠지. 잠깐 나갔다가 금방 돌아오겠지. 불안함을 외면한 채 억지로 고구마를 입 안에 집어넣었는데 무슨 맛인지 맛도 느낄 수가 없었다. '찾으러 나가봐야 할까? 아니야, 저놈의 성질머리를 이번 기회에 잡아야지! 그래도 그렇지 무슨 일 나면 어쩌려고…… 설마 무슨 일이야 있으려고……' 나도 내가 어째야 좋을지 모르는 그 상황에서 다랑이가 말했다.

"엄마, 빨리 나가서 형아 찾아보자. 형아 안 오면 어떡해? 비 맞으면 추울 텐데."

나는 그 말을 기다렸다는 듯이 벌떡 일어나 다나를 들쳐 업고 우산을 든 채 집을 나섰다. 비가 이렇게 쏟아지는데 멀리 가지는 않았겠지 싶어서 일단 집 둘레부터 살피기로 했다. 수돗가, 사랑방, 창고, 닭장…… 샅샅이 뒤졌지만 어디에도 다울이 모습은 보이지 않았다. 그쯤 되니 심장이 철렁 내려앉는 느낌이었다. 대체 어디로 갔을까? 마을 어귀 동각에서 비를 피하고 있는 게 아닐까? 허둥지둥 동각까지 가봤는데 거기에도 없었다. 아, 이럴 수가!

"엄마, 형아가 멀리멀리 떠나다가 길 잃어버린 거 아니야?"

"아니야. 금방 돌아올 거야."

다랑이를 안심시키려고 말을 하면서 눈시울이 뜨거워졌다. 이런 내 마음도 모르고 비는 속절없이 쏟아지고, 나는 다울이가 듣고 있기를 바라며 목 놓아 소리쳤다.

"다울아, 어디 있니? 미안해. 엄마가 잘못했어."

집에 돌아올 때까지 몇 번이나 외치고 또 외치고…… 하지만 다울이는 나타나지 않았다. 할 수 없이 허탈한 심정으로 집에 들어가서 신랑에게 전화를 했다. (신랑은 읍내에 볼일을 보기 위해 나가 있던 참이었다.)

"다울이가 집을 나갔는데 아무리 찾아봐도 안 보여요."

나는 자초지종을 얘기하다가 흐느끼며 울어버렸다. 다울이만 잘못한 줄 알았는데 내가 더 잘못했다는 걸 깨닫고 흘리는 참회의 눈물…… 다울이가 까칠하게 굴 때 혼내기보다 따뜻하게 안아줄 걸 하는 뒤늦은 후회……

그런데 전화를 끊고 얼마 뒤 드르륵 문 열리는 소리가 들리는 게 아닌가? 다울이였다. 이쯤해서 돌아와 주어 얼마나 고마운지! 자존심 따위 내세우지 않고 미안하다고 사과하며 다울이를 꼭 안아주었다. 다울이도 눈물을 흘리며 내게 미안하다고 했다. 얼굴은 눈물 콧물 범벅인데다 몸은 빗물에 흠뻑 젖어 안쓰럽고 불쌍한 내 새끼!

서둘러 물기를 닦아주고 젖은 옷을 벗게 하고 안방 아랫목에서 쉬게 했다. 손발이 몹시 차서 이러다가 감기 걸릴까 싶어 열심히 주물러주고 따뜻한 꿀차도 타주었다.

"엄마, 나 이제 고구마 절대 안 먹을래."

"왜, 고구마가 싫어졌어?"

"아니 먹고 싶기는 한데 아까 고구마 때문에 엄마 속상하게 했잖아. 그러니까 이제 안 먹으려구……"

들어보니 고구마가 먹고 싶다는 얘기였다. '먹고 싶으면 먹고 싶다고 하지 왜 말을 빙빙 돌려서 하냐?'라고 말하려다가 그 말을 꿀꺽 삼켰다. 그 대신 고구마를 갖다주며 다시 미안하다고 했다.

"엄마가 아까 너무 심하게 화를 내서 미안해. 많이 놀랐지?"

"응, 엄마 너무 무서웠어. 그래서 엄마 말대로 일찍 따로나기 하려고 산에 가서 집 지을 데 찾아다녔어."

"그래서 찾았어?"

"아니, 찾다가 너무 무서워서 돌아왔어. 근데 돌아오니까 집이 너무 낯설더라. 엄마도 우리 엄마 아닌 거 같고……"

"그래, 네 마음 알 것 같아. 배고플 텐데 어서 고구마 먹어."

고구마를 먹고 나니 다울이 표정이 한결 밝아졌다. 우린 그제야 아침부터 생쇼를 했다며 부끄러움이 묻어 있는 웃음을 지었다. 그래, 돌아보니 우습기 짝이 없지만 큰 교훈을 남긴 사건이었다.

오늘의 교훈은? 밥상 앞에서 화내지 말자!

덤. 다울이의 일기

(읽기 쉽게 맞춤법과 띄어쓰기만 정리를 했습니다.)

오늘 절을 하고 있었다. 그때 다나가 고구마를 이거 먹다가 저거 먹다가 했다. 난 화가 나서 다나를 혼냈다. 그래도 다나가 계속 그렇게 하자 나는 다나를 절하면서 혼냈다. 절하고 나서도 혼냈다. 그러자 엄마가 날 혼냈다.

너, 일찍 따로나기 해!

난 그래서 울었다. 그래서 말했다.

나 나갈 거야!

그래, 나가는 게 좋겠다!

엄마가 말했다.

난 밖에 수돗가에서 "엄마 나빠. 엄마 죽어"라고 말했다. 화 괴물이 나를 삼킨 것이었다.

그리고 나는 화를 가라앉히려고 산으로 갔다. 집 지을 곳을 찾기 위해서이기도 했다. 가다가 멧돼지 똥을 발견했다. 새 내장 같은 것이 섞여 있었다. 난 잠깐 흥미를 가졌지만 곧 다시 길을 떠났다. 그러다가 무서워져서 그냥 가기로 마음먹었다. 비가 오고 있었다. 난 산을 내려가면서도 집 지을 곳을 찾았다. 너무 추웠다. 콧물이 났다. 집으로 돌아가기로 했다. 가다가 "다울아!"라고 부르는 엄마 소리에 기운이 났다. 뛰다시피 집으로 갔다.

가서 엄마와 나는 서로 사과했고, 엄마는 내 젖은 옷을 벗으라고 했고 나는 조끼만 벗었다. 엄마와 나 사이가 다시 좋아져서 다행이다.

6

풀멀레 하우스

누가 누구를
먹여 살리는가?

징그럽게도 추운 겨울이었다. 아
침에 일어나 부엌으로 나가면 모든 게 꽁꽁 얼어버린 얼음 세상
이 따로 없었으니까. 한번은 마시던 물컵을 부엌 식탁 위에 올려
놓았는데, 30분쯤 지난 뒤에 나가보니 어느새 얼어 있는 것을 보
고 얼마나 놀랐는지 모른다. 온도계가 없어서 정확한 온도를 재
보지는 못했지만 냉동실에 들어가 있는 생선이나 부엌에 서 있
는 나나 별반 다른 처지가 아니었을 것이다.

이렇게 추울 땐 사람도 겨울잠을 잔다면 얼마나 좋을까? 밥
을 한꺼번에 든든히 먹고 몇 날 며칠 잠만 자다가 날이 풀려
서 움직일 만하면 그때 일어나 활동을 하는 거다. 물론 내가 자

는 동안 누군가 아침 저녁으로 방에 불을 때준다는 가정 하에서
만 펼 수 있는 행복한 상상, 아니 망상이지만, 이런 망상 속에 빠
지고 싶을 정도로 나는 너무 움직이기 싫었다.

하지만 현실은? 눈만 뜨면 배고프다고 소리치는 세 아이들
이 있다. 그들의 아우성을 무시하고 이불 속에 웅크리고 있다
가는 곧 큰 소란이 벌어질 게 뻔하다. (배고픈 아이들은 굶주
린 사자 못지않게 사납다!) 그러니 어쩌랴, 소란이 일어나 누군
가 울부짖기 전에 입막음을 하는 수밖에. 애써 몸을 일으켜 갑
옷과도 같은 솜조끼를 입고 비장한 각오로 부엌 냉동실로 뛰어
드는 수밖에.

처음 몸을 일으키기까지가 힘들지 그 다음부터는 몸이 자동
으로 '먹여 살리기 모드'로 작용하여 민첩하게 움직인다. 그날
그날 상황에 따라 냄비에 고구마를 안치거나 달걀을 삶거나 누
룽지를 하거나 해서 방으로 들인다. 그렇게 해서 간단한 아침으
로 아이들의 허기를 잠재우면 마침내 평화가 온다.

하지만 평화의 순간은 배가 꺼지지 않은 잠깐 동안이라는 사
실을 기억하자. 그들의 배가 다 꺼지기 전에 나는 아주 잠깐 동
안만 숨을 고르고 이번에는 낮밥 준비에 들어간다. 낮밥 먹고 나
면 또 잠깐의 휴식이 있지만 아이들은 뒤돌아서면 배가 꺼진

다는 사실을 역시 잊어서는 안 된다. 만족스럽게 배가 채워져야 놀이도 활발하다는 지난 수년 동안의 육아 경험을 토대로 간식의 중요성을 간과할 수 없는 법, 나는 어느새 간식 준비로 바빠진다.

그러고 보니 그 추웠던 날들 동안에도 참 많은 걸 해먹었다. 만두, 볶은 땅콩, 피자, 호떡, 팬케이크, 납작빵, 부침개, 인절미, 시루떡, 강정, 쥐이빨옥수수 팝콘, 또띠아, 단팥죽, 수제 두유…… 이렇게 줄줄이 늘어놓고 보니 지난겨울이 길고 길었던 만큼 우리가 먹었던 간식의 목록 또한 참 풍성했던 것 같다.

아무래도 겨울엔 먹고 노는 게 일일 뿐더러 내 몸 하나 부지런히 놀리면 아이들이 기뻐서 어쩔 줄을 모르는 게 보기 좋아서 나도 모르게 그렇게 해먹였다. 그러는 와중에 난 호떡의 달인이 되었고, 청국장을 넣어 만든 독특한 피자 소스를 개발하게 되었으며, 찹쌀가루도 없이 찰밥 지어 얼렁뚱땅 인절미 만들기, 막걸리 효모를 이용해 각종 빵 만들기 등에도 식견을 갖게 되었다.

물론 늘 의도한 대로 먹기 좋고 보기 좋은 결과물이 나왔던 것만은 아니다. 참깨강정에 처음 도전했던 날은 설탕 시럽과 조청의 비율이 잘못되었는지 강정이 굳어지지 않았고, 콩비지를 욕심껏 듬뿍 넣어 만든 부침개는 모양이 어그러져 개떡처럼 되기도 했다. 하지만 그럼에도 실패작이라고 말할 수 없는 것은 그 어떤 상황에서도 아이들이 맛있게 먹어주었기 때문이다.

"엄마, 여기에 뭐 넣었어? 왜 이렇게 맛있지?"

"와, 엄마 나중에 장사해도 되겠다. 정말 훌륭해."

"또 있어? 너무 맛있어서 자꾸자꾸 또 먹고 싶네. 내일 또 해줘."

아직 말을 잘 못하는 다나 같은 경우에도 온몸으로 춤을 추거나 나를 와락 껴안는 것으로 자신의 행복감을 강력하게 표현했다.

내가 만든 음식이 너무 훌륭해서? '물론이지!' 하고 대답하고 싶지만 그건 아닌 것 같다. 왜냐? 우리 집 아이들의 경우엔 (특히 다랑이와 다나) 못 먹는 게 없다. 바람 든 무나 생강차 건더기까지 맛있게 먹는 걸 보며 애들은 뭘 던져줘도 맛있게 먹을 만반의 준비가 돼 있다는 걸 깨달았다. 내 음식 솜씨가 특별히 훌륭해서가 아니라 이 아이들의 먹는 솜씨가 아주 특별했던 것이다. 그러니 옆집 할머니가 늘 부러운 눈길로 쳐다보며 말씀하시고는 한다.

"집이는 좋겠네. 아그들이 뭣이든 맛나게 먹웅께. 우리는 뭘 해놔도 굴어지들(줄어들지를) 안 혀. 그라니께 하기가 싫어."

이쯤 되니 나는 헷갈리기 시작했다. 지금껏 내가 이 아이들을 먹여 살려왔다고 믿었는데 과연 그런가? 실상은 이 아이들이 나를 먹여 살렸던 게 아닐까? 아무리 생각해도 그게 맞는 것 같다. 막강추위에도 내가 굶지 않고 잘 먹고 잘 살았던 것은 아이들이 나를 일으켜 세워준 덕분임에 틀림없다.

저 푸른 초원 위에
그림 같은 집을 짓고

날씨가 따뜻해지니 내 시간이 많아졌다. 아이들은 아침 운동을 마치면 몽땅 밖으로 튀어나간다. 그러고는 손에 모종삽이나 호미 같은 거 하나씩 들고 땅 파기에 돌입, 멀쩡한 밭 여기저기를 후벼 파기 시작한다. 멀리서 바라보면 아이들 셋이 모여 앉아 땅을 파는 데 열중하고 있는 모습이 한 폭 그림같이 아름답다.

'저 녀석들 이제는 알아서 잘 노는구나' 싶어 흐뭇한 얼굴로 바라보고 있는데, 아니 이럴 수가! 자세히 보니 이건 좀 심하다 싶다. 밭에 땅굴이라도 팔 속셈인지 너무 깊이 파 들어가는 게 아닌가?

241

"야, 나무 뿌리 다치면 어쩌려고 그래! 밭 함부로 건드리지 마. 마구 파헤치면 더 단단해진다고! 다나야, 마늘 밟으면 안 돼!"

아무리 소리쳐도 소용이 없었다. 이 작은 무법자들은 점점 더 영역을 넓혀가면서 밭 여기저기를 엉망으로 만들었다. 내가 하지 말라고 하니까 더 기를 쓰고 하는 것 같았다. 그래, 하지 말라고 하면 더 하고 싶어지는 게 사람 마음이지. 이대로는 안 되겠다 싶어서 찬찬히 머리를 굴려 다울이와 협상을 하는 쪽으로 가닥을 잡았다.

"다울아, 잠깐 이리 좀 와봐."

"왜?"

"너희들이 마음대로 써도 좋은 땅을 줄게. 단감나무 둘레 어때? 여기 밭 입구부터 단감나무 있는 데 주변으로 밭두둑 하나까지."

"괜찮긴 한데 조금만 더 넓혀줘. 놀이동산도 하나 만들어야 하거든."

"좋아, 그럼 이만큼 더!"

내가 밭두둑 옆으로 50센티미터 정도 되는 거리만큼 땅을 더 허락하자 마침내 협상이 성사되었다. 어차피 단감나무 둘레는 밭에 그늘이 지기도 하고 아이들이 하도 들락거리는 통에 뭘 심어 가꾸기가 어려운 터라 차라리 아이들 영역으로 넘겨주고 만 것이다.

"야호, 우리에게도 땅이 생겼다! 다랭아, 여기다가 집 지을까?"

"응! 감나무 아래에 집 짓자! 근데 어떻게 지어?"

둘은 집을 어떻게 지을까 한참을 고민하는 것 같았는데 나 역시 궁금했다. 과연 어떤 집을 지을까? 그럴듯하게 지어낼 수 있을까? 재료를 찾으러 부산하게 움직이던 다울이가 들마루(평상)를 짜는 데 썼던 빛바랜 대나무를 모아서 집터로 옮겼다. 그러고는 인디언 티피 비슷한 구조로 뼈대를 만들어 꼭대기를 끈으로 묶더니 나에게 도움을 청하러 왔다.

"엄마, 천막 뼈대는 다 완성이 됐는데 덮을 게 필요해. 이불 하나 써도 돼?"

안 된다고 하려고 했는데 다울이의 들뜬 표정을 보니 마음이 약해졌다. '어른 도움 없이 혼자서 다 알아서 하는데 이 정도 뒷바라지쯤이야' 하고 얇은 여름 이불 하나를 가져다주었다. 그랬더니 빨래집게와 운동화 끈 같은 걸로 재주도 좋게 이불을 둘러씌웠다. 바닥엔 돗자리 깔고 나무의자도 하나 갖다놓았다. 그것으로 열 살짜리 목수의 솜씨라고 하기엔 꽤나 그럴듯한 천막

집 완성!

자기들만의 아지트가 마련되자 아이들은 신이 났다. 가장 먼저 나를 불러 초대 손님으로 앉혀놓고는 저희끼리 펄쩍펄쩍 뛰고 뒹굴뒹굴 구르며 신나게 놀았다.

"바람님도 오세요. 구름님도 오세요. 다 오세요."(즉흥곡을 만들어 불러대는 다랑)

"냐호! 냐호! 냐호!"(뜀뛰기를 하며 소리치는 다나)

"엄마, 근데 집 공사를 너무 열심히 했나봐. 갑자기 배가 고프네."(지쳐 쓰러지며 다울)

"엄마, 우리 여기서 간식 먹자. 여기서 먹으면 엄청 맛있을 거야."(두 눈을 반짝이며 다랑)

그렇게 해서 천막집에서 간식까지 먹었더니 그게 정말 좋았는가 보다. 다음날에는 낮밥도 그 집에서 먹자고 성화이지 뭔가? 하지만 그릇들을 나르고 상을 차리고 하기가 번거로워서 미루고 미루다가 마침내 날을 잡았다. 큰맘 먹고 야외용 코펠까지 꺼내놓고 말이다.

"좋아, 오늘은 밖에서 먹자. 그 대신에 상 차리고 치우는 건 너희가 해야 해. 알았지?"

"알았어! 야호!"

아이들의 약속을 받고선 음식 준비에 들어갔다. 먼저 다시마 한 조각 넣고 고슬고슬 잡곡밥을 지어 김밥! 동치미 무, 당근, 씻어서 양념해서 볶아낸 무김치 줄거리…… 집에 있는 재료만 가지고 얼렁뚱땅 속을 넣어 만들었다. 또 전날 저녁에 먹고 남은 나물(쑥, 봄동, 냉이) 된장국이 있기에 거기에 사리면을 넣어 된장 라면도 끓였다. (우리 집에서 라면은 어쩌다 한 번 외식하는 기분으로 먹는 귀한 음식이다. 그러니 라면의 '라'자만 듣고도 아이들이 얼마나 기뻐했을지 말하지 않아도 대충 분위기를 짐작할 수 있으리라.)

우리는 그렇게 특별한 외식을 즐겼다. 새소리를 들으며, 봄바람을 맞으며, 천막 안으로 은은하게 비쳐드는 햇살을 느끼며 말이다. 그러니 밥이 맛이 없으려야 없을 수가 없지 않겠나? 값비싼 재료를 가지고 까다롭게 만든 특별한 음식이 아니어도 우린 충분히 만족스러웠다. 우리가 잠시 머물러 밥을 먹는 집이 엉성한 재료로 어설프게 만든 천막집이라 하여도 얼마든지 아름답고 편안함을 주었듯이 말이다.

그나저나 걱정이다. 아이들이 날마다 외식하자고 하면 어쩌지?

똥이 가르쳐준
밥의 길

 마을 사람들 사이에서 우리 집은 잘 못 먹고 살기로 유명하다. 아이들 한창 클 때 괴기(고기)를 많이 먹여야 하는데 안 먹인다고, 다른 건 몰라도 우유를 먹어야 빨리 클 텐데 우유 안 먹여서 애들이 자잘하다고, 뭐든지 잘 먹어야 하는데 왜 과자 같은 걸 안 사주냐고…… 온갖 걱정을 다 듣고 산다. 걱정은 때로 비난과 조롱으로 이어지고 이상한 사람이라는 낙인까지 찍힌 채 먼 마을까지 소문으로 날아다니기도 하는 모양이다.

"애들한테 아무거나 안 먹인다면서요? 종교가 뭐예요?"

"청학동에서 살다왔다던디? 이슬만 먹고 산다믄서……"

"왜 그렇게 짠하게 살아, 젊은 사람이 말여."

그런 이야기를 듣고 일일이 변명을 할 수도 없고 해서 그냥 한 귀로 듣고 한 귀로 흘리고 마는데 가끔은 나도 헷갈릴 때가 있다. 내가 정말 유별나게 구는 건가? 아무렇게나 먹고도 아무렇지 않게 살아가는 사람들도 많은데 음식을 너무 가리는 거 아니야?

하지만 어쩌다 조미료 범벅 음식이나 바깥 주전부리를 먹은 날은 몸이 신호를 보낸다. 머리가 무겁거나 배가 아프거나 손등이 가렵거나…… 맨 처음 한 입 먹을 때는 '세상에 이렇게 감칠맛이 넘쳐흐르는 황홀한 맛이라니!' 싶은데, 먹으면 먹을수록 입안이 개운하지 않고 속이 더부룩해지면서 기분이 나빠지기도 한다. 이런 얘기를 하면 친정 엄마는 그런다.

"늘 먹어야 하는데 안 먹으니까 그래. 자꾸 먹으면 면역이 생겨!"

뭐지? 내성이 생기는 게 아니고 면역이 생긴다고? 왜 일부러 그런 면역을 길러야 하지? 사람들 사이에서 튀지 않고 두루두루 원만하게 지내기 위해서? 온갖 산해진미를 다 맛보고 음미하며 누리기 위해서? 하긴 음식 앞에서 벌벌 떠는 자세가 나를 불편하게 하는 부분이 분명히 있기는 하다. 내 집에만 있을 때는 거리낌이 없지만 어딘가에 가서 함께 무얼 먹을 때는 이런 나의 태도가 다른 사람들을 부담스럽게 하는 것 같기도 해서다. (여럿이 어우러져 있을 때 함께 맛있는 음식을 나누어 먹는 재미가 얼마나 큰가!) 그런 이유로 밖에 나가 어울릴 일이 있으면 '어쩌다 한 번인데 뭐' 하고 눈을 질끈 감고 맛있게 먹기로 했다.

얼마 전 마을 행사가 있는 날도 그랬다. 아이들이 보나 마나 바깥 음식에 침을 질질 흘릴 것 같아서 밥을 든든히 먹이고 마을회관으로 향했다. 그럼에도 아이들은 할머니들이 주는 과자 맛에 정신을 차리지 못했다. 평소 같으면 아이들한테 눈치를 주기도 하고 할머니들에게 그만 주라 당부를 하기도 했겠지만 그날은 모르는 척했다. 어디 한번 질리도록 먹어봐라 하고 말이다.

그냥 슬그머니 과자 봉지 뒷면에 적힌 원재료를 확인하기만 했다. 밀은 당연히 수입산 밀이고, 쇼트닝, 팜유, 유화제, 정제염, 액상과당, 합성향료…… 당장 눈에 들어오는 낱말만 보아도 눈앞이 어질어질해졌다. 도저히 알고는 못 먹는 재료들이다. 금쪽 같은 내 새끼들이 지금 저런 걸 먹고 있구나. 얼마나 맛있기에 그런가 하고 나도 하나 먹어봤더니 과연 부드럽고 달달하고 고소한 것이 매혹적인 맛이다. 너무도 강렬한 유혹의 맛이다. 다만 목구멍에서 잘 내려가질 않는다. 그래도 좋다고 먹어대는 아이들을 보며 깊은 한숨을 내쉬는 수밖에 다른 도리가 없었다.

그날 저녁, 아이들은 밥상 앞에서 밥을 제대로 먹지 않았다. 다울이는 억지로 꾸역꾸역 먹고 다랑이는 먹는 척만 하고 다나는 밥을 가지고 장난을 쳤다. 예상했던 일이라 그러려니 하고 딱 한마디만 했다.

"엄마가 과자를 왜 싫어하는지 알아? 밥맛을 잃어버리게 만들기 때문이야."

밥상 앞에서 신명이 나지 않으면 밥 차리는 사람으로서 너무나 기운이 빠진다. 밥상이야말로 날마다 마주하는 최고의 선물 아닌가? 그런데 선물을 무거운 숙제처럼 받아들이는 분위기가 된다면 어찌 밥 짓는 일이 기쁨이 될 수 있겠는가?

다음날 다나가 똥을 눴는데 똥 냄새가 아주 고약했다. 평소에는 구리지만 고소한 냄새가 나는데 이건 코를 톡 쏘는 독한 냄새였다. 게다가 시커멓고 끈적끈적하게 엉덩이에 달라붙어 있어서 씻어내기도 힘들었다. 기저귀를 빨기는 더더욱 어려웠다. (다른 때는 똥이 기저귀에 달라붙지 않고 깔끔하게 떨어져 나오는데 이건 그렇지가 않았다. 덕지덕지 들러붙어서 도무지 떨어질 생각을 않는 통에 운동화 빠는 솔로 벅벅 문질러야 했다.) 역시 그랬구나. 나쁜 건 속일 수가 없구나.

원료의 성분이 뭐고 그게 어떻고 저떻고 따질 필요도 없이 똥은 정직하게 말하고 있었다. 비틀거릴지언정 멈추지 말고 가야 할 밥의 길을 말이다. 그러니 만약 당신이 잘 먹고 잘 살고 있는지 궁금하다면 똥을 만나 이야기 나눠보시라. 똥은 거짓말을 하지 않는다.

파김치를 파금치로 만드는
삶의 연금술

묵은 것보다 새것이 당기는 건 어쩔 수가 없다. 아직도 남아 있는 묵나물(고구마 줄기 말린 거)이 있는데 꽁꽁 숨겨져 있으면 안 먹고 지나갈까 봐서 일부러 눈에 잘 띄는 부엌 칠판 앞에 떡하니 걸어두었다. 어서 먹어치워야지 하고 말이다. 그런데 반찬거리가 없으면 새로 나는 나물을 찾아 들로 산으로 쏘다닐망정 묵나물은 외면하게 된다. 마을 할머니들이 첫째 둘째는 본 척 만 척이고 셋째 다나만 뚫어져라 바라보는 것과 같은 이치인 걸까? 아, 이제 막 돋아나는 것들의 싱싱함이여, 풋풋한 향기여!

김치도 그렇다. 묵은지가 동이 날 때가 되기도 했지만서도 묵은지보다는 막 담근 김치가 더 먹고 싶다. 어디 김칫거리 할 만한 게 없나 두리번거리다가 윗 밭에서 시퍼렇게 쭉쭉 올라온 쪽파를 발견했다. 지난가을에 뽑지 않고 남겨둔 게 겨우내 있는지 없는지 모르게 시들어 있다가 봄기운에 세력을 회복한 것이다. '아, 김치 담가 먹으면 입맛 확확 돌겠다.' 보기만 해도 군침이 넘어갔지만 그대로 두었다. 씨 할 것을 빼 먹으면 어쩌나고 신랑한테 잔소리를 들을 것 같아서였다. 그런데 웬걸? 내가 쪽파 얘기를 꺼낸 적도 없는데 신랑이 먼저 말을 했다.

"파김치 담글 거면 쪽파 좀 뽑아올까요?"

"그거 씨 하려고 남겨둔 거 아니었어요? 뽑아온다면야 좋고 말고지."

그때까지만 해도 나는 몰랐다. 신랑이 파를 포대자루로 한가득 뽑아올 줄은! 씨가 모자라면 어쩌냐는 물음에 있는 만큼만 심으면 된다면서 정말 많이도 뽑아왔다. 그걸 부엌 바닥에 쏟아 부으니 저절로 입이 쩍 벌어졌다.

허걱! 일 났네, 일 났어! 시들기 전에 다듬어서 김치를 담가야 한다고 생각하니 한숨이 나올 지경, 그런데 신랑이 다울이를 불러와 둘이서 사이좋게 쪽파 다듬기 작업에 들어가는 게 아닌가? 나는 자동적으로 김치 담그는 건 내 일이라고 여기고 일감 앞에서 겁부터 집어먹었는데 함께 하면 된다고 생각하니 마음이 한결 가벼웠다. 그래, 같이 먹을 건데 함께 하는 게 당연하지.

그렇게 해서 파김치 담그기 대장정이 시작되었다. 다울이는 물론 다랑이까지 가세하여 본격 쪽파 다듬기에 돌입하였는데 한 뱃속에서 나온 자식이라도 아롱이 다롱이란 사실을 여실히 확인하는 현장이었다. 먼저 예술가 유형의 장남 박다울, 쪽파 줄기로 매듭을 묶어 뭘 만드는 재미에 빠져 있는가 하면, 노래를 부르는 데 집중하느라 쪽파 잎을 만신창이로 만들어 아빠한테 쉴 새 없이 잔소리를 듣기도 하고, 도대체 무얼 하려고 앉아 있는 건지 알 수가 없다. 반면 다랑이는 완전 실속파 일꾼형, 파 다듬는 재미에 빠져들어 숨소리도 안 내고 파를 깐다. 힘들지 않냐고 물으면 "재밌는데" 그러면서 말이다. 다울이 덕에 심심치 않고 다랑이는 야무진 일손 역할을 톡톡히 하니 무얼 더 바랄 것인가?

세 남자가 죽치고 앉아 쪽파를 다듬는 사이 나는 저녁 준비를 했다. 닭장에서 꺼내온 지 얼마 안 된 싱싱한 달걀에 쪽파를 쫑쫑쫑 듬뿍 썰어 넣고 달걀찜, 거기에다 다듬어놓은 쪽파 한 다발을 국간장, 매실효소, 고춧가루, 참기름과 깨소금 넣고 비빈 즉석 파김치 겉절이. 다른 반찬 없이 그것만으로도 함께 일하다가 둘러앉아 먹는 저녁밥은 당연히 꿀맛이었다.

한데 아직도 갈 길은 멀었다. 하루가 끝나기 전에 다듬기 작업을 마칠 계획이었으나 밥 먹고 나니 나른해져서 일감을 쌓아둔 채 다음날을 맞이했다. 다행히 바람 불고 추운 날이라 온 식구가 둘러앉아 남은 쪽파를 다듬었다. 한 시간 정도 바짝 일했을까, 드디어 끝이 보이는 것 같았다. 남은 건 나머지 식구들 몫으로 남겨두고 나는 저린 다리를 주물러가며 몸을 일으켜 다시마 우린 물에 찹쌀가루 넣어 죽을 쑤었다. 거기에 고춧가루, 국간장, 매실효소 넣어 양념을 만들었다. 그러고는 쪽파 씻어서 건져서 곧바로 양념 넣어 비비고 비비고…… 마침내 커다란 김치통으로 하나 가득 파김치가 만들어졌다. 야호! 그렇게나 많았던 쪽파가 김치통 하나로 끝이라니 믿기지 않지만 이 정도면 대만족!

쪽파 뿌리는 따로 모아 씻어서 볕에 널어놓고(쪽파 뿌리 말린 것은 아이들 열날 때 끓여 먹이면 좋다), 그 사이 신랑이 뒷정리를 마쳤기에 나는 특별식을 준비했다. 심고 남은 씨감자 손질해서 깍둑 썬 거랑 쪽파를 왕창 썰어 넣고 자장소스를 끓여서 쪽파자장밥! 거기에다 막 버무린 파김치를 곁들이니 온몸이 쪽파 향기로 휩싸이는 듯했다.

"다울이 다랑이 덕에 파김치 먹네. 이건 그냥 김치가 아니고 금치다 금치!"

일꾼들의 수고를 치하하자 아이들 얼굴이 환해졌다. 그러면서 매운 냄새에도 아랑곳하지 않고 파김치를 어찌나 잘들 먹는지…… 누가 보면 깜짝 놀라하며 무슨 애들이 파김치를 이렇게 잘 먹냐고 물어볼지도 모르겠단 생각이 들었다. 만약 그렇게 묻는 이가 있다면 이렇게 대답하리라.

"자신의 손끝을 스쳐간 파라서 매워도 맛있을 수밖에 없지요. '파김치 나와라 뚝딱!' 요술을 부려서 태어난 파김치라면 이렇게 귀한 대접은 못 받았을 거예요. 맛을 알게 하고 싶으면 함께 경험하게 하세요. 고생 끝에 낙이 온다고 힘겹고 지루한 과정을 몸소 겪으며 통과했을 때 진짜 맛을 알게 되는 겁니다."

어쩌면 이것은 우리들 삶의 이유이자 목적인 것이 아닐까?! 파김치를 파금치로 만드는 삶의 연금술은 지금 여기 삶의 현장(일상)에서 연마되어야 한다.

메뉴가
나를 찾아온다

살림하는 주부들이 곧잘 하는 생각이 '오늘은 뭐 해먹을까?'일 것이다. 나 역시도 비슷한 고민을 품고 살아왔지만 점점 그것으로부터 자유로워지고 있음을 느낀다. 왜냐, 지금 내 눈앞에 있는 것이 곧 내가 먹을 것이라 여겨지기 때문이다.

그러니까 저녁 준비를 하기 한두 시간 전에 아무런 생각이 없이 일단 밭에 가서 쪼그려 앉는다. 어디에 앉더라도 할 일이 기다리고 있으니 정말 아무 데라도 자리를 잡고 당장 눈에 보이는 일을 하면 된다. 가령 딸기밭 앞에 앉았더니 딸기 포기 사이에 빽빽이 자라는 풀이 눈에 거슬린다고 치자. 그럼 당연히 딸기밭 풀매기에 들어간다. 검은 머리 사이에 있는 새치 뽑아내듯 이 풀을 뽑거나 꺾으면서…… 그러다 보면 딸기 포기들 속에 꿋 꿋이 자라고 있던 왕고들빼기가 몇 개 보이고 대가 통통한 달 래도 보인다. 자연스럽게 저녁 밥상 메뉴가 결정되는 순간이다. '오호, 달래 넣고 쌈장 맛있게 만들어서 왕고들빼기 쌈 싸 먹으 면 되겠다!'

자, 조금 더 영역을 넓혀서 딸기밭 옆 보리밭으로 가보자. 듬 성듬성 자라고 있는 보리 사이로 쑥이 자기 세력을 만들어 활발 히 번지고 있는 게 보인다. 보리가 드리우는 그늘에서 자라서 그 런가 아직까지도 잎이 꽤 보드랍다. '국거리로 딱이겠다. 국 끓 이고 남은 건 갈아서 빵 반죽에 넣어야지' 하고 쑥을 캐서 다듬 고 있자니 앞집 할머니가 보고 한 소리를 하신다.

"뭐 할라고 쑥을 캐?"

"국 끓여먹으려구요."

"아따, 요새 쑥은 안 맛나. 써!"

"쓰면 쓴 대로 먹을 만하던데요."

"그라믄 데쳐서 물에 담갔다가 우려. 우려 가꼬 국 끓여."

"왜요?"

"쓴맛 빠지라고."

"쓴맛은 맛 아닌가요? 귀찮아서 우리고 뭐 하고 못해요. 그냥 먹고 말지."

이렇게 해서 권위자의 권유에도 굴하지 않고 내 방식대로 쑥국을 끓이기로 한다. 왜냐, 사람마다 입맛은 다르니까 누군가의 맛을 내가 군이 재현할 필요는 없다고 본다. 게다가 돈 들여 쓴 약 찾아 먹을 것 없이 늘 먹는 밥상에 쓴맛을 담아낼 수 있으면 그것도 좋은 일 아닌가? 나는 꿋꿋하게 쑥을 다듬어 담고 그 옆에 기세등등하게 자라고 있는 소루쟁이 보드라운 잎도 몇 장 뜯는다. 어김없이 앞집 할머니가 인상을 쓰며 한 소리를 하신다.

"그것도 먹을라고? 참말로 못 먹는 게 없네이."

왕고들빼기쌈과 쑥소루쟁이된장국, 이것만으로 크게 부족할 건 없다고 생각하지만 나물에 밥 비벼 먹고 싶다던 다율이 말이 생각이 난다. 눈을 크게 뜨고 쓰윽 둘러보니 텃밭 가장자리로 비죽비죽 올라온 우슬초가 보인다. '심은 사람도 없는데 저 혼자서 잘도 자랐네. 좋아, 나물거리는 우슬초로!' 그렇게 해서 저녁 메뉴가 다 결정이 되었다. 내가 결정했다기보다 메뉴가 나를 찾아온 거라고 해야 맞겠다.

이렇게 사는 게 점점 몸에 익어가다 보니 이제 더 이상 이웃

집 텃밭이 부럽지 않다. 이맘 때면 시퍼런 시금치와 꽃송이처럼 탐스러운 상추가 얼마나 좋아 보였나? 나도 흉내 좀 내보려고 몇 번쯤 애를 써보기도 했지만 번번이 실패였다. (상추니 시금치니 우습게 보지만 그것도 거름기가 많은 땅이라야 잘 자라고 비료 한 주먹이라도 뿌려줘야 부드럽고 탐스럽게 된다는 걸 실감했다.) 솔직히 말해 내가 게을러서 씨 뿌릴 때를 놓치기도 했고, 가물 때 물을 줘가며 지극정성으로 돌보는 노력이 부족하기도 했다.

하지만 나 같은 사람을 위해 저절로 돋아나는 풀들이 있으니 앞서 말한 왕고들빼기, 달래, 쑥, 소루쟁이, 우슬초 같은 것들! 심지 않아도, 따로 거름을 주거나 물을 주지 않아도 때 되면 저절로 찾아온다. 내가 기존에 가지고 있던 맛에 대한 감각을 고집하지만 않는다면 얼마든지 맛있는 먹을거리가 되어주겠다면서…… 그 덕분에 나는 전보다 훨씬 더 자유롭다. 안 심어도 굶지 않을 수 있으니, 있는 대로 맛있게 먹을 수 있으니!

그러고 보면 자연에 순응한다는 건 단순히 내 욕망을 억누르고 자연스러움이라고 하는 가치나 명분에 질질 끌려가는 걸 의미하지는 않는다. 오히려 역동적으로 지금 내게 주어진 모든 것을 있는 그대로 받아들이는 것이 아닐까? 먹고 싶은 것을 먹으

려 하는 데서 먹을 수 있는 것을 먹고 싶어 하는 것으로! 그 철
저한 수동성이 오히려 나를 자유롭게 하는 건, 그 속에서 마주치
는 맛의 세계가 훨씬 더 깊고 풍성하기 때문일 것이다.

고구마 비가
내리던 날

나는 농사일에는 크게 관여하
지 않는 편이다. 내가 적극 일에 뛰어들 형편이 아니다 보니, 알
아서 잘하겠거니 신랑한테 믿고 맡기는 게 속이 편하다. 하지
만 내가 굉장히 절박함을 가지고 달려드는 농작물이 하나 있
으니 그것은 바로 고구마! 시골에 살면 고구마가 지겹고 시시
하지 않냐고? 많은 사람들의 예상과는 달리 전~혀 그렇지 않
다. 내 경우엔 시골에 살면서 비로소 고구마의 참맛과 가치를 알
게 되었다.

그건 고구마를 심고 싶어도 심지 못하던 시절을 경험해 보
았기 때문이다. 그러니까 이곳으로 이사 오기 전, 합천에 살 때

는 멧돼지 때문에 고구마를 심을 수가 없었다. (멧돼지가 고구마를 엄청 좋아한다. 고구마 심은 걸 알면 밭을 다 헤집어놓는다.) 그러니 농사짓는 집에서는 흔하게 먹는 겨울 간식 고구마가 나에겐 별나라 특식이라도 되는 양 여겨졌다. (이웃집에 놀러 갔다가 식탁에 놓인 고구마를 보고 먹고 싶다 말도 못하고 몰래 군침을 삼킨 기억도 있다.) 까짓 거 사 먹어도 되지만(그때까지만 해도) 농사짓고 살면서 농산물을 사 먹는다는 게 부끄럽기도 하고, 10킬로그램 한 상자 사봐야 며칠 먹지도 못하니 원껏 먹으려면 비용도 만만치가 않았다.

다행히 이곳 화순으로 이사를 오면서부터는 집 앞 텃밭이 꽤 넓은 편이라 고구마를 심을 수 있게 되었다. 문제는 고구마 심을 무렵이면 신랑이 굉장히 바쁘다는 것. 모내기 끝내자마자 곧장 논에 풀 매러 다니고, 밀 보리 수확하고, 틈틈이 이 콩 저 콩 심고……논으로 밭으로 정신없이 움직이는데 그러다 보니 고구마까지 챙길 여력이 없었다. 아니, 잘 생각해 보면 꼭 그래서만은 아니다. 아무리 바빠도 고구마에 대한 애정과 애착이 있다면 무슨 일이 있어도 고구마부터 심었겠지만 나와 달리 신랑은 고구마를 있으면 먹고 없으면 안 먹어도 되는 정도로 여기고 있었다. 신랑이 애정을 가지고 있는 농산물은 곡식, 그 가운데서도 콩이 최고다. 서리태, 쥐눈이콩, 납작쥐눈이콩, 선비잡이콩, 밤콩, 푸른콩, 피마자콩, 메주콩, 금두, 아가콩…… 아무리 바빠도 콩은 이렇게 가지가지 정성 들여 심는다.

해서 자연스럽게 고구마를 더 좋아하는 사람인 내가 고구마 농사를 챙기게 되었다. 신랑 옆구리 찔러서 두둑까지만 만들어놓게 하고, 그 다음부터는 내가 알아서 한다. 씨고구마 묻어서 모종을 기르는 것부터 부족한 모종 얻어오는 것, 순 잘라서 심고, 풀 관리하는 것까지. 물론 완벽하게 내가 다 할 수는 없다. 애들 데리고 있다 보면 변수가 오죽 많은가? 내가 하다가 팽개쳐두고 있으면 신랑이 뒤처리를 하고 캐는 것도 다 알아서 한다. 그러고 보니 결국 내가 하는 게 아닌 것 같기도 하다.

아무튼 올해도 나는 조마조마한 심정으로 비를 기다리며 고구마 모종 심을 기회만 엿보고 있었다. 비가 올 때 심어야 (물을 안 주고 심어도 되니) 힘도 덜 들고, 뿌리 내림이 잘되어 모종이 잘 자라기 때문이다. 한데 아무리 기다려도 비 소식은 없고, 비가 약간 온 뒤에 심은 모종은 살아남은 게 몇 개 안 되고, 고구마부터 심어놓아야 다른 일이 손에 잡힐 것 같고, 그래서 물을 줘가며 몇 줄 심기도 했는데…… 옆집 할아버지가 지나가며 한마디 하셨다.

"참 이상허네. 볕이 똘각똘각한 날 고구마를 심게. (쯧쯧!)"

그 말 듣고 '날마다 물 줘서 모종을 보란 듯이 살려야지!' 했는데 물 몇 번 주다 말았더니 보란 듯이 모종이 죽고 말았다. 그제야 그동안 누누이 들어왔던 동네 할머니들 말씀이 귓가에 크게 들어왔다.

"고구마는 비올 때 비 맞.으.면.서. 심어야 잘살어."

지난번에 비가 얼마 안 왔어도 비 맞으면서 심은 앞집 할머니 모종은 보란 듯이 쌩쌩하지 않은가! 나도 다음엔 꼭 비를 맞으면서 심으리라.

그러다가 마침내 일기예보에 없던 비가 내렸다. 아침부터 비는 내리는데 내리다 말다 하는 통에 얼마나 내릴지, 땅이 젖을 만큼은 내릴지 알 수가 없었다. 비가 많이 올 줄 알고 모종을 심었다가 비가 얼마 안 오고 그쳐버리면 괜히 아까운 모종만 버리는 게 아닐까? 그래도 비 맞으면서 심어야 잘산다고 했으니 얼른 나가 심어야 하지 않을까? 머릿속으로 고민만 잔뜩 하고 있었는데 늦은 오후가 되자 빗소리가 제법 굵어진 듯했다. 그래, 서둘러 저녁 준비를 해두고 고구마 모종을 심자! 이건 분명 고구마 비다. 고구마 비가 내린다!

"다울아, 수제비 끓여놨으니까 배고프면 밥상 차려서 동생들이랑 챙겨 먹어. 엄마 고구마 심고 올 테니까."

"지금? 비오는데?"

"겨우내 고구마 먹고 살려면 비를 맞으면서 심는 수밖에 없어. 너도 고구마 실컷 먹고 싶으면 동생들 잘 보고 있어라. 알았지?"

다울이에게 단단히 일러두고 비옷을 입고 밭으로 나갔다. 신랑이 고구마 심을 두둑을 다섯 개나 만들어놓고 기다리고 있었다.

"얼른 들어가서 애들하고 저녁 먹어요. 고구마는 내가 심을게."

"같이 해요. 얼른 심어놓고 가서 먹죠 뭐."

기대도 안 했는데 신랑이 함께 한다고 하니 나는 더 신이 났다. 평소와는 달리 날랜 속도로 고구마 모종을 심었다. 세찬 비를 맞으면서도 꿋꿋하게, 날이 어둑어둑해지도록 힘든 줄도 모르고…… 그런 내가 참 신기했다. 나로 말할 것 같으면 꽤 오랜 세월, 악착같은 데가 없어서 걱정을 듣고 살아오지 않았나? 그런데 이렇게 악착같이 일을 하고 있다니, 대체 고구마가 뭐길래!

그날 밤, 자려고 눈을 감자 고구마 모종을 심는 영상이 반복 재생되고 있었다. 빗소리는 더욱 굵어져서 지붕을 시끄럽게 때리는데 나는 그 소리가 그렇게 듣기 좋을 수가 없었다. 비에도 지지 않고 마침내 할 일을 다 마친 이의 뿌듯함이란!

'고구마 비야, 고마워! 네 덕분에 고구마 모종 살겠다. 만세 만세 만만세!'

덤

다음날 아침 일찍 밭에 나가보니 전날 심은 고구마 모종들이 벌떡 일어난 채로 나를 반기고 있었다. 얼마나 반갑고 기뻤는지 모른다. 그런데 모종이 모자라서 덜 심은 두둑 한 개가 자꾸 눈에 밟히는 게 아닌가? 얼른 이웃집 할머니네 밭으로 달려가 고구마 순을 얻어왔다. 다랑이와 다나 챙기는 건 다울이에게 맡기고 또 정신없이 모종을 심었다.

그때, 바깥 부엌 쪽에서 다나 울음소리가 들렸다.

"왜 그래? 대체 무슨 일이야?"

"엄마, 다나가 파리 잡는 *끈끈이*에 달라붙었어!"

"뭐, 뭐, 뭐라고?"

할 수 없이 호미를 내던지고 다나한테로 달려갔다. 덜 심은 데는 장맛비 올 때 비 맞으면서 심어야 할까 보다.

냉수의 시대,
따뜻함으로 무장하며

　　　　　　　　더워도 너무 덥다지만 그래도 어
찌어찌 이 여름의 일상을 꾸려가고 있다. 아침 여섯시쯤 일어나 선
선한 시간에 바지런하게 움직여 애들 아침 먹이고 개밥 주고 아
침 운동, 그 다음엔 점심 준비를 하고, 빨래, 청소 같은 일들도 한
다. 그러다가 오전 11시쯤 점심을 먹고 치우는데 그때부터가 본격
적으로 뜨거워지는 시간이다. 애들이 땀을 줄줄 흘리고 있으면 얼
른 샤워 한 번 하고 오라고 한 뒤에 더운 나라 사람들이 그러하
듯 긴 낮잠을 잔다. (너무 더워서 잠이 오냐고? 다행히 안방 바닥
이 흙바닥이라 매우 차갑고 시원해서 낮잠 자리로는 그만이다. 차
가운 방바닥에 몸을 찰싹 붙이고 앞판 뒤판 번갈아가며 시원한 기

운을 흡수하면 선풍기 한 대만 틀어놓고도 버틸 만하다.)

한참 자다 보면 선풍기 바람이 더 이상 시원하지 않고 뜨거워지며 몸을 둘러싼 더운 공기가 몸을 짓누르고 있다는 걸 느끼는데 그때가 더위의 정점이다. 시간으로 따지면 대충 오후 세시에서 네시쯤? 이때 애들도 나도 잠에서 깨어 간식을 먹으며 더위에 지친 몸의 고단함을 달래는데, 한동안은 대체로 차가운 음료를 마셨다. 냉장실에서 막 꺼낸 시원한 미숫가루나 두유, 매실차 같은 것, 가끔은 과일주스나 오미자물에 얼린 얼음 같은 것도…… 평소 물도 냉장실에 두고 먹지 않을 정도로 차가운 음식을 멀리하는 편이지만 그래도 이렇게 더울 때는 어쩔 수 없지 않겠냐며 나름 타협을 한 건데, 그러다 보니 뱃속이 편하지를 않았다. 나만 그런 게 아니라 아이들도 배가 살살 아프다고 하는 날이 많아졌다.

그러던 차에 다울이가 목감기를 앓게 되었다. 이유야 여러 가지가 있겠지만 그 결정적 계기는 냉수! 집에 손님을 치르면서 손님들한테까지 실온수를 줄 수는 없어서 물 한 병을 냉장고에 보관해 두고 있었는데, 아이들이 밖에서 놀다 와 더워하면서 물을 달라기에 무심코 그 물을 내어 따라준 것이다. '너무 차가운데 괜찮을까?' 싶었지만 '설마 당장 별일이야 있겠어?' 했는데 물을 벌컥벌컥 마신 다울이가 갑자기 너무 괴로운 표정을 지었다.

"왜 그래? 어디 아파?"

"엄마, 마실 때는 시원하고 좋았는데 먹자마자 가슴이 답답해."

《동의보감》에 여름에 찬 것을 많이 먹으면 폐기가 상한다는 말이 있던데 그래서 그런 건가?"

"맞아, 나 지금 숨쉬기가 너무 힘들어. 나 이제 찬물 안 먹을래!"

냉수 한 잔에 왜 이렇게 호들갑인가 싶기도 했지만 다울이는 그날 밤부터 열이 오르며 목이 붓고 감기 증상을 보였다. 다음날은 다랑이까지…… 그제서야 정신이 번쩍 들며 10여 년 전 내가 인도 여행에서 만난 시골 아이들이 떠올랐다. 당시에 나는 선교 여행차 인도 남부의 오지 시골 마을로 가게 되었는데 날씨가 더우니까 얼음물을 잔뜩 챙겨 가지고 갔다. 그러고는 마을에서 만난 아이들에게 무심코 그 물을 내밀었는데 아이들이 물이 너무 차갑다며 아예 마시지를 못하는 것이 아닌가? 이렇게 차가운 걸 어떻게 먹냐는 듯 신기한 눈으로 내가 물 마시는 걸 구경만 할 뿐. 그때 난 엄청난 충격을 받았다. 더울 때는 냉수가 당연한 거라고 여겼는데 누군가에게는 그게 그렇지가 않다니!

그 일이 있고 한참 뒤에 나 또한 냉수의 불편함과 부자연스러움을 머리로 배우고 몸으로 경험하게 되었다. 냉수뿐 아니라 냉장고에서 바로 나온 시원한 음식이 몸에 남기는 좋지 않은 느낌까지도 감지하게 되었다. 그래서 아주 더운 여름 한철이 아니면 어지간해서는 반찬을 냉장실에 넣지 않는다. 사시사철 냉장고에 보관하는 김치조차 먹기 전에 미리 꺼내두었다가 냉기가 빠지면 먹는다.

그랬는데 무더위가 기승을 부리는 틈을 타서 내 감각이 많이 무뎌졌었나 보다. 아이들 목감기를 계기로 비로소 다시 정신을 차리고 따뜻한 차를 마시기 시작했다. 박하잎 따서 박하차, 차조기잎 따 넣고 차조기차, 지난해 썰어서 말려둔 생강 넣고 생강차, 친구가 베트남에서 보내준 홍차…… 여름에 따뜻한 차라니 생각만 해도 땀이 나고 더위가 휘몰아치는 느낌이었는데, 이럴 수가! 차를 마시니 속도 편안하고 갈증도 쉬이 가시는 거다. 찬 음료를 마시면 마실 때 잠깐 갈증이 해소되는 것 같아도 딱 그때뿐이지 않나? 그런데 차를 마시면 몸속 깊은 곳에 물이 채워지는 느낌이랄까? 확실히 뭐가 달랐다. 아이들도 바로 느끼는 것 같았다.

"엄마, 물이 더 달아진 것 같아." (다울)

"차 마시면 더울 줄 알았는데 안 덥네." (다랑)

"또 차!" (다나)

그렇게 해서 아침 먹을 때, 오후 간식 시간, 자기 전, 이렇게 하루 세 번 정도는 따뜻한 차를 마시게 되었다. 그동안 냉기를 멀리하는 소극적 방편으로 살아왔다면 이제는 차를 마심으로 온기를 가까이 하는 적극적 방편으로 한 걸음 전진! 그랬더니 내 몸은 훨씬 더, 난폭한 여름 앞에서 의연해진 것 같다.

무더위야 물렀거라, 따뜻한 차가 나가신다!

다울이의
요리 쇼

날이 더워지면 아무래도 무슨 일이든 귀찮아지게 마련이다. 더군다나 지난주에 3박 4일 동안 큰 손님을 치르고 났더니 그 뒤로 긴장이 확 풀리면서 평소처럼 뭔가 해먹고 싶다는 의욕도 솟구치질 않고 적당히 때우고 싶은 마음만 들었다. 만약 집 가까이 밥 사 먹을 데가 있다면 너무나 쉽게 외식을 결정했을지도 모르겠다.

오늘 저녁만 해도 호박된장국에 열무김치 있으니까 감자알조림이나 하나 더 할 요량으로 작은 감자알을 손질하고 있었다. 그때 앞집 할머니가 놀러 오셔서 "이 집은 뭐 해먹고 살아?" 하면서 한참이나 반찬 없어서 밥 못 먹겠다는 얘길 하셨다.

"아주머니 집에는 맛있는 묵은 김치도 있잖아요. 볶아 먹으면 맛날 텐데……"

"에그, 안 맛나. 셔서 못 묵어."

"밭에 애호박이 주렁주렁 하더만요. 저도 아까 낮에 아주머니가 주신 애호박 썰어 넣고 된장국 끓였어요. 그랬더니 된장국이 훨씬 맛있던데요."

"맨 처음에만 먹을 만하제 안 맛나. 호박국 끓여놔도 누가 손도 안 대."

"닭이 달걀 낳을 때 되지 않았어요?"

"인자 하루에 일곱 개씩 낳는디…… 잘 안 묵어져."

"그럼 장에 가서 맛난 것 좀 사다 드세요. 입맛 없다고 끼니 거르지 마시고요."

"장에 가도 뭐 살 것이 없당께. 맛난 것 좀 있으면 쓰겄는디 암 것도 없어."

앞집 할머니 얘길 자세히 들어보니 결국 반찬이 없는 것이 아니라 입맛이 없는 것이었다. 입맛이 없으니까 괜히 반찬 타령…… 한데 그 앞에서 다나는 생 애호박을 손에 쥐고 맛있게 베어 먹으며 "입맛 없는 게 뭐에요?" 하는 표정으로 할머니와 나를 쳐다보고 있는 게 아닌가? (애호박을 생으로 먹을 수 있다는 얘길 듣고 나도 몇 번인가 샐러드에 넣어 먹어본 적은 있지만 선뜻 손이 가질 않던데 다랑이는 참 대단한 입맛을 가지고 있다.) 그뿐인가, 다랑이는 당근을, 다울이는 가지를 들고 우적우적 베어 먹고 있었다. 한여름 더위에도 지치지 않는 입맛, 날것 그대로 맛있게 받아들이는 천진한 식성, 아이고 너희는 좋겠다.

나는 마냥 부러운 눈길로 쳐다보고 있는데 갑자기 앞집 할머니가 다울이를 붙잡더니 그만 먹으라고 손사래를 쳤다.

"왜 그러세요?"

"까지는 생으로 먹으믄 입 아퍼. 입 아픈께 먹지 마. 큰일 나!"

그 말을 듣고 당장 가지를 뱉어낸 다울이, 먹던 가지를 흔들며 나에게 다가왔다. 뭔가 꿍꿍이가 있는 눈치!

"엄마, 나 그럼 이 가지로 요리해 봐도 돼? 내가 꿈에서 다람쥐를 만났는데 다람쥐가 가지로 부침개 만들어 먹자고 했어. 그래서 같이 만들어 먹었는데 정말 맛있었거든. 오늘은 내가 가지 부침개 해줄게."

"그래, 그럼. 대신에 요리 마치고 나면 요리 일기 쓰는 거다."

한편으로 귀찮고 성가신 느낌이 들기도 했지만 나는 흔쾌히 허락을 했다. 얼마 전부터 다울이가 부쩍 요리에 관심을 보이고 있는데 이럴 때 자꾸 해보게 해야 부엌과 친하게 지내지 않겠나? 나는 작심하고 다울이를 부엌데기 견습생으로 키우기로 했다. 최대한 마음을 열고 '참을 인' 자를 새기고 또 새기면서. 자, 그럼 도대체 어떻게 하겠다는 건지 좀 볼까?

일단 다울이는 가지를 동그랗게 썰었다. 동그랗게 썰어서 부치려는 거구나 했는데 웬걸. 동그란 가지 하나하나에 무늬를 새겨 넣는 게 아닌가? 격자 무늬, 빗살 무늬, 네모 속의 세모, 심지어 여기저기 도려내어 고양이 모양까지…… 참 가지가지 디자인이 탄생한다. (나로서는 한 번도 해본 적이 없고 해봐야겠다 생각조차 해본 적이 없는 작업 과정이다. 일류 호텔 요리사나 시도할 법한…… 내 뱃속에서 나온 자식이라도 나와는 스타일이 전혀 다르다.) 작품 하나 나올 때마다 다랑이와 다나는 마치 놀라운 마술 쇼라도 보는 듯이 환호성을 터뜨리고 동생들의 반응에 한껏 고무된 다울이는 자투리 가지를 던져주며 큰 은혜를 베푸는 듯한 몸짓이었다.

"야옹이는 누가 먹을래?"(다울)

"나!"(다랑)

"나보!(나도)"(다나)

"그래? 그럼 야옹이 하나 더 만들어야겠군. 근데 잘 기다려야 먹을 수 있다. 알았지?"(다울)

"웅!"(다랑, 다나 동시에)

그렇게 해서 꽤 긴 기다림 끝에 가지 디자인 과정이 끝나고 그 다음 과정부터는 내 지휘 아래 반죽 옷을 입히고 기름 두른 팬에 전을 부치는 작업이 이어졌다. 가스레인지 높이가 다울이 키에 안 맞으니까 의자 하나 갖다놓고 부치는데, 다랑이 다나까지 그 의자에 올라가서 지켜보고 서 있으니 북새통이 따로 없다. 더군다나 가스불 앞에 애들 셋이 서 있으니 어찌나 불안불안한지 나는 연신 주의를 주며 잔소리를 해대는데 그러거나 말거나 아이들은 침을 꼴깍꼴깍 삼키며 프라이팬만 쳐다볼 따름이다. (아무렴, 기다리며 눈으로 먹는 때가 젤로 맛있는 법이지.)

마침내 맛있는 냄새가 부엌을 꽉 채우고 접시에 가지전이 수북이 쌓였다. 그 모습을 자랑스럽게 지켜보던 다울이가 갑자기 나를 향해 이런 말을 했다.

"엄마, 나는 엄마가 힘들게 요리하는 줄 알았는데 요리가 재밌기도 하네."

"엄마가 힘들어 보였어?"

"웅. 근데 막상 해보니까 재밌어. 엄마처럼 만날 하려면 힘들기도 하겠지만······"

"그래. 힘들기만 하면 못하지. 힘든 것 속에 재밌는 것도 같이 들어 있으니까 하는 거야."

다울이와 그런 얘길 나누고 있자니 기분이 묘했다. 자식이 점점 친구가 되어가는 느낌? 다울이가 어린 줄만 알았는데 조금씩 자라며 엄마의 역할과 처지를 이해해 주는 느낌? 뭐 그런 느낌이 들면서 괜히 코끝이 시큰거리기까지…… 아무튼 그런 묘한 감정에 휩싸인 채 내가 양념 간장을 만들고 있는 사이, 가지전은 사라지고 없었다. 저희들끼리 맛을 본다 어쩐다 하더니 간장이 상에 놓이기도 전에 뚝딱 먹어 치워버린 것이다.

"뭐야, 벌써 다 먹었어?"

"내 입맛에는 그렇게 맛있는 것 같지 않은데 다랑이랑 다나는 너무 꿀맛인가봐. 진짜 잘 먹네. 다음에는 엄마랑 아빠 것도 남겨놓을게."

모처럼 자식이 해준 음식 먹어보려나 했더니 나는 맛도 못 봤다. 하지만 다울이의 요리 의지가 팔팔하게 꿈틀거리고 있으니 머지않아 맛을 보게 되겠지. 아무래도 올여름엔 다울이의 요리 쇼가 밥상을 환히 밝힐 것 같다.

글을 마치며
밥을 해주고 싶다

해마다 7, 8월을 손님맞이철로 명명하고 있기는 하지만 지난여름은 유난히 많은 손님을 치렀다. 대안학교 선생님들이 교사 연수차 오기도 하고, 시댁 식구들, 친정 식구들, 오랜 인연을 이어온 친구, 심지어 우연히 알게 된 버스 기사 아저씨(와 그 친구들)까지……

한 팀 치르고 나면 다른 팀이 꼬리에 꼬리를 물고 왔다. 일주일가량 오래 머물다 가기도 하고, 하루 잠깐 있다 가기도 하고, 몇 달 전부터 약속하고 오기도 하고, 느닷없이 오기도 하고…… 그렇게 다양한 방식으로 접속해 온 사람들을 맞고 떠나보내고 연거푸 반복하느라 사실 더워도 더운 줄을 모르고 살았다. (그게 참 신기하다. 다른 누군가가 더울 것을 염려하며 지내다 보면 정작 자신은 더위를 느끼지 못한다.)

역대 최악의 더위로 불리던 지난여름, 에어컨도 없이 작은 선풍기 두 대가 전부인 좁은 집에 그 많은 손님을 불러들이다니, 돌아보니 내가 제정신이 아니었던 것 같기도 하다. 다만 누군가 마음을 내어 먼 데서 온다고 하면 반가운 마음부터 들어 수락했고, 그 다음은 그저 하늘에 맡겼다. (덥다고, 집이 좁고 불편하다고, 그렇게 핑계를 달기 시작하면 대체 무엇을 할 수 있단 말인가!) 그리고 내가 할 수 있는 일은 정성 들여 밥을 해주는 일뿐이라 여기고 기꺼이 밥상을 차렸다.

힘들지 않았느냐고? 물론 힘들었다. 손님이 오면 해야 할 음식의 양도 많아질 뿐더러 좀 더 맛난 것을 해주고 싶은 마음에 부담을 갖게 되기도 하니 말이다. 하지만 그런 물음 앞에서 내가 늘 하는 말이 있다.

"사는 게 원래 힘든 거 아닌가요? 이래 힘드나 저래 힘드나⋯⋯"

지난 40년 가까이 살아온 경험에 비추어보면 매 순간 어떤 식으로든 힘든 일이 있었고, 그걸 견디고 이기는 과정 속에서 새로운 세상이 열렸다.

결국 힘든 걸 피하고 살 수는 없다고 본다. 다만 어떻게 힘을 들이냐의 문제인데 나는 내가 힘쓰고 싶은 방향으로 힘을 썼으니 후회도 아쉬움도 없다. 내가 들인 힘이 밥이 되고, 그 밥이 누군가를 잠시나마 살게 했다면 그보다 기쁜 일이 어디에 있나?

재미있고 놀라운 일은 손님맞이철의 끝자락 무렵, 우리 집 암탉이 알을 품기 시작했다는 것이다. 올봄부터 이제나저제나 다른 집 암탉 알 품고 병아리 깠다는 소식을 들을 때마다 우리 집 암탉은 왜 알을 품지 않나 조바심을 냈더랬는데, 아무래도 알을 품는 종자가 아닌가 보다고 반쯤 포기하고 있었는데, 드디어 암탉이 알을 품은 것이다. 처음엔 한 마리, 지금은 두 마리가 나란히 앉아서! 그 사실을 처음 발견한 다울이는 날마다 생생한 닭장 뉴스를 내게 전해오고는 하는데 오늘은 알 품느라 신경이 날카로워진 암탉이 수탉을 구박하는 소식이었다.

"엄마, 수탉 꽁지 털이 몇 개 뽑혔어. 암탉은 수탉을 쩨려보고 있고 수탉은 암탉 눈치만 보고 있는데? 병아리 태어나면 난 이제 닭장 안 들어갈래. 암탉이 무서워서 안 되겠어."

날마다 전해오는 그 소식 속에서 닭이나 사람이나 크게 다를 바가 없다는 사실을 배운다. 임신한 여자가 괜히 남편을 괴롭히는 거나 알 품는 암탉이 수탉을 구박하는 거나 무어 다를 게 있나? 암탉이 왜 그러는지 말 안 해도 다 이해가 되지 않나? 암탉이나 나나, 나나 암탉이나……

그런 뜻에서 조심스레 추측해 보는 것이다. 어쩌면 우리 집 암탉이 알을 품기 시작한 것이 내 존재의 거듭남을 알리는 신호는 아닐까 하고. 내가 지난여름 내내 알을 품는 암탉의 마음으로 여러 존재들을 먹여 살리느라 애쓰지 않았다면 암탉이 알을 품는 기적은 일어나지 않았을지도 모른다. 내가 힘에 부친다 느껴지는 모든 상황들을 피하지 않고 기꺼이 마주하며, 그 속에서 내 한계를 넘어섰기에 암탉도 그럴 수가 있는 것이다. 왜냐, 우리 집 암탉과 나는 오묘하게 연결되어 있으므로……

누군가는 어처구니없다고 느낄지라도 나는 분명 그렇다고 느끼고, 이제 여기서 이 책의 매듭을 지어도 되겠다는 생각이 들었다. 원고 쓰기를 끝낸 뒤에도 나는 여전히 밥상을 차리는 부엌데기요, 부엌이 나의 수련장이라는 사실은 변함없지만, 이제는 글쓰기라는 동아줄 없이도 흔들림 없이 내 자리를 알고 지킬 수 있을 것 같아서다. 누가 치켜세워 주지 않아도, 세상이 제아무리 내 역할과 책임을 업신여기고 무화시키려 해도, 또는 왜곡된 모습으로 포장하려 할지라도, 이제는 그러거나 말거나 할 수 있다.

어째서 그러냐고? 다 차려진 밥상만이 아니라 밥상의 이면을 경험했기 때문이다. 누군가 덥혀놓은 공간을 누리기만 하는 사람이 아니라 스스로 일하여 온기를 채우며 공간을 변화시켰기 때문이다. 스스로를 낮고 낮은 자리에 두어 더 많은 것을 느끼고 경험하고 그러면서 거듭나고…… 그건 정말 애벌레가 번데기가 되고 그러면서 나비가 되어 날아가는 것만큼이나 놀라운 존재의 변이 그 자체가 아닐까 싶다.

때때로 나도 친구 집에 가서 밥을 얻어먹을 때가 있는데, 밥상 앞에서 한없이 고마운 마음이 든다. 밥 해준 이 앞에 대고 넙죽 절이라도 하고 싶을 정도로! 옛 기억을 거슬러 거슬러 올라가보면 내가 손수 밥상을 차려내기 전에는 분명 이 정도 울컥한 마음은 없었다. 그저 밥 사주는 사람이 멋져 보이고 좋았을 뿐, 밥 해주는 사람은 그냥 당연하게 여겼던 것 같다.

하지만 나는 이제 안다. 밥 해주는 사람이 얼마나 멋지고 훌륭한 사람인지를! 그건 자기 존재 자체를 밥으로 내어주는 큰 보시 행위와도 같다는 것을!

그러니 설레고 떨리는 마음으로 고백을 해본다. "나는 당신에게 밥을 해주고 싶어요. 당신의 밥이 되고 싶어요" 하고. 온 세상이 자신을 밥으로 내어준 것처럼 나도 그렇게 살고 싶다.

산티의 뿌리회원이 되어
'몸과 마음과 영혼의 평화를 위한 책'을 만들고 나누는 데
함께해 주신 분들께 깊이 감사드립니다.